KÜSTENWIND

Die Kommissarin auf der Insel

EVA LIROT

Buderusstr. 18, 65556 Limburg

ISBN: 9798358112490

Lektorat/Korrektorat: Otto von Kubritz
Bildnachweis: pixabay.de

Handlung und Figuren in diesem Roman sind frei erfunden. Ähnlichkeiten mit lebenden oder verstorbenen Personen wären zufällig. Bei den Ortsangaben wurden größtenteils die heutigen Namen verwendet. Dennoch sind alle Angaben als fiktiv zu verstehen. Zudem wurden landschaftliche Gegebenheiten überall dort verändert, wo es für den Handlungsfluss zweckmäßig erschien.

Rauche nie in der Koje. Die Asche am nächsten Morgen könnte deine sein.

(Alte Seemannsweisheit)

PROLOG

Der Wind zerrt an ihrem Haar, weht einzelne Strähnen senkrecht in die Höhe. Die Luft ist feucht, klamm. Der Himmel zeigt sich als tiefgraues Wolkengemisch.

In ihren langen Steppmantel gehüllt, steht sie auf dem Balkon und schaut blicklos nach vorne. Das Schilf biegt sich, richtet sich wieder auf, um von der nächsten Böe erneut hinabgedrückt zu werden. Sie nimmt nichts davon wahr, hört auch nicht das Rauschen der Wellen, die ans sandige Ufer branden. Sie schließt die Augen und atmet die salzige, kalte Luft ein. Ihr Herz pocht. Sie zwingt sich zur Ruhe. *Noch ist nichts passiert …*

Sie kann zurückkehren in ihr Leben und den Aufenthalt in dem kleinen Ferienhaus als Urlaubszeit verbuchen. Wäre sicher das Klügste. *Heimfahren und wie bisher weitermachen …*

Sie krampft ihre eiskalt gewordenen Finger um das Balkongeländer, reißt die Augen auf und blickt zum Himmel. Ein Möwenpaar segelt übers Schilf zur See hinaus. Doch sie bekommt auch das nicht mit. Sie steht stocksteif da, wie festgefroren. Ihre Gedanken rasen, katapultieren sie in die Vergangenheit zurück.

Es ist eine Vergangenheit voll von Bitternis und düsteren Empfindungen.

Düsterer als der tiefgraue Himmel über ihr. Die Wolkendecke reißt auf, verschließt sich aber gleich wieder. Die Sonne hat kein leichtes Spiel an diesem rauen Dezembernachmittag. Das Thermometer an der Balkonwand schafft es nicht mal bis zur Fünf-Grad-Markierung.

Sie reibt sich übers Gesicht. Hinter ihrer Stirn hämmert es dumpf. Das passiert immer, wenn sie es zulässt, dass die Vergangenheit wieder lebendig wird.

Eine Vergangenheit, bestehend aus Demütigungen und Feindseligkeiten.

Grundlosen Feindseligkeiten.

Sie streicht ihr vom Wind zerzaustes Haar nach hinten, den Blick starr nach oben gerichtet. Als gäbe es Antworten auf die Fragen, die sie sich schon Zeit ihres Lebens stellt – und auf die sie nie eine Antwort findet.

Warum?

Wieso hatten sie ihr das angetan?

Was hatte sie falsch gemacht, um so etwas zu verdienen?

Sie war doch auch nur ein junges Mädchen gewesen.

Ein Mädchen, das gemocht werden wollte.

Doch das blieb ihr verwehrt.

Sie presst die Hände auf ihre Ohren, als sie wieder dieses Geplärr hört, das noch heute in ihrem Schädel lärmt.

Es ist das Geplärr von damals.

Laut. Fies. Hämisch. Gnadenlos.

Sie rennt auf dem kleinen Balkon herum, als könne sie so vor dem Geplärre fliehen. Doch das funktioniert nicht. Es bleibt ihr auf den Fersen. Ganz gleich, wie schnell sie läuft oder wohin.

Sie bleibt stehen, in ihrem Kopf dröhnt der Chor der Grausamkeit. Sie beißt sich auf die Unterlippe. So sehr, dass es schmerzt. Ihre Hände sind zu Fäusten geballt.

Nein! Schluss jetzt! Ein für alle Mal!

Sie drückt die Balkontür auf und stapft ins Zimmer, lässt den eisigen Seewind hinter sich. Sie schaut zur Couch. Dort liegt eine große Tüte. Sie enthält eine Perücke und einen samtenen Umhang. Sie nickt grimmig.

Sie kann nicht einfach zurück auf Alltag schalten, so tun, als sei alles normal. Denn das ist es nicht. Jahrelang hat sie vergeblich versucht, sich das vorzugaukeln. Von Normalität ist sie so weit entfernt wie die Erde vom Mars. Was sie lebt, ist nicht mehr als ein fauler Kompromiss.

Ein Kompromiss, der es der Vergangenheit gestattet, ihr Dasein regelmäßig zu durchlöchern wie die Kugeln aus einem Maschinengewehr.

Wie tödlich getroffen liegt sie nach solchen Attacken darnieder, ist ohne Lebensmut und möchte am liebsten nie wieder aufstehen. Möchte sich auflösen. Ganz. Will einfach weg sein. Nichtexistent.

Niemand, der das nicht auch schon mal spürte, kann das Ausmaß ihres Leids erahnen, das sie nun schon all die vielen Jahre quält.

Kein Therapeut.

Kein Ehemann.

Kein Sohn.

Sie lässt den Steppmantel zu Boden sinken und schreitet langsam in das winzige Bad. Das ganze Häuschen ist winzig. Keine sechzig Quadratmeter Wohnfläche. Aber in Strandnähe. Und abgelegen. Sie hatte lange nach einem solchen Objekt gesucht. Zum Glück war es frei gewesen. »In den Wintermonaten haben wir dort selten Gäste«, hatte ihr die Vermieterin gesagt, eine Anwältin aus Kiel.

Sie schaut auf ihre Armbanduhr, eine zierliche *Longines* mit uraltem Krokodillederband. Es ist ein Erbstück von ihrer Mutter – der einzige Mensch, der ein bisschen Licht in ihr damals so dunkles Leben brachte.

Gleich sechzehn Uhr zeigen die beiden dünnen Uhrzeiger an. Sie verharrt einen Augenblick, den leeren Blick in den kleinen, runden Spiegel gerichtet, der über dem Waschbecken hängt. Ein müdes Gesicht schaut ihr entgegen. Unter den Augen hängen Tränensäcke. Der Mund ist groß, das Kinn steht leicht vor. »Affenkind!«, plärrt es in ihrem Kopf.

Sie zuckt zurück und geht schnell wieder in den Wohnraum. Das Gemälde über der Couch gerät in ihren Blick. *Stümperhaftes Portrait einer Möwe*, dachte sie, als sie das Bild bei ihrer Ankunft vor zwei Tagen erstmals sah. Die Farben fließen stark ineinander, sodass die Konturen des Vogels stellenweise komplett verschwimmen. *Möglicherweise soll das aber auch so sein.*

Sie hebt die Schultern und starrt wieder zu der großen Tüte auf der Couch. Ihr Herz wummert. Ihre Mundhöhle wirkt wie ausgetrocknet.

Schon riskant, was sie da vorhat.

Wenn mich jemand erkennt …

Sie macht abrupt kehrt, reißt die Balkontür erneut auf und tritt nach draußen. Dieses Mal ohne Steppmantel. Der Wind bläst durch den dünnen Stoff ihrer Bluse. Es fühlt sich an, als würde ihr jemand in die Haut schneiden. Die eisige Luft lässt ihre Augen tränen. Dennoch sieht sie den einsamen Strandkorb unten am Strand. Weiter hinten ragen Hoteltürme in die Höhe. Sie kann sich lebhaft vorstellen, was im Sommer hier auf der Wallhalbinsel von Fehmarn los ist. Burgtiefe-Südstrand gilt als Paradies für Familienurlauber und ist nur rund sechzehn Kilometer von der Inselhauptstadt Burg entfernt.

Ihr Blick wandert zurück zum Strandkorb. Einsam und verloren steht er da. Als sei er vergessen worden. *So wie ich damals …*

Ihre Gesichtszüge werden hart. Zwischen ihren nur schwach ausgeprägten Augenbrauen gräbt sich eine tiefe Falte ein. Den eisigen Wind spürt sie nicht mehr. In ihr lodert es, brennt es. Es scheint, als habe sich alles in ihr zu einem hitzigen Schrei nach Vergeltung verschmolzen.

Sie wiegt ihren Oberkörper vor und zurück, die Arme eng um die Taille geschlungen. Immer mehr Flüssigkeit rinnt aus ihren Augen. Doch jetzt ist nicht mehr nur der beißende Wind die Ursache. Sie weint. Leise Tränen. Wie schon so oft. Manchmal fragt sie sich, wie ihr Körper es nur schafft, so viel Flüssigkeit zu produzieren.

Sie dreht sich langsam um. Der Wind bläst ihr in den Rücken, drückt sie buchstäblich ins Zimmer zurück.

In den Raum mit der großen Tüte.

Mittels deren Inhalt sie ihr Leben verändern könnte.

Wenn sie den Mut dazu hat.

Sie bewegt sich auf die Couch zu, die Tüte fest im Blick. Nach zwei zaghaften Schritten hält sie inne.

Vielleicht ist es doch besser, wenn sie ihren Koffer packt, wieder nach Hause fährt und still weiter leidet.

Wenn sie allein ist.

Wenn sie unter Leuten ist, ahnt niemand, wie es in ihr aussieht.

Alle halten sie für stark.

Für eine Kämpfernatur.

Nun, dann kämpf auch!

Sie schnappt sich die große Tüte, kippt den Inhalt auf den Boden. Sie hebt den samtenen Umhang und die Perücke auf und legt beides auf dem niedrigen Couchtisch ab. Er ist rechteckig und aus massivem Holz gefertigt, sieht ähnlich aus wie der im damaligen Wohnzimmer ihrer Eltern.

Ihr Puls beschleunigt sich, als sie die kleine Schachtel erspäht, die gemeinsam mit ein paar anderen Utensilien noch auf dem Boden liegt. Darum würde sie sich gleich kümmern. Zuerst ist ihre Verwandlung dran.

Sie klaubt eine Tube mit weißer Theaterschminke vom Boden auf, einen rosafarbenen Lippenstift und die in Gold und Silber schimmernde Augenmaske. Mitbringsel einer Venedig-Reise.

Zurück in dem winzigen Bad, streicht sie ihre langen, krausen Locken nach hinten und bindet sie oben am Kopf fest zusammen. Dann öffnet sie die Tube mit der Theaterschminke, reibt sich das Gesicht mit der weißen Paste ein und färbt im Anschluss ihre Lippen zartrosa. Sie greift sich die Augenmaske vom Waschbeckenrand und bindet sie sich um. Sie starrt in den Spiegel und nickt zufrieden.

Schon jetzt, noch ohne Perücke und Umhang, würde sie niemand erkennen.

Es knallt laut, als der Seewind die Balkontür zuschlägt, die sie eben offengelassen hatte. Sie nimmt es nicht mal am Rande wahr.

Du musst nur deine Rolle spielen, redet sie sich stumm zu. *Und den richtigen Zeitpunkt abpassen.*

Ihre Lippen ziehen sich in die Breite, geben den Blick auf ihre schiefen Zähne frei. *Und dann, dann werden sie alle bezahlen!*

1

ZUR SELBEN ZEIT
IN DER INSELHAUPTSTADT

Es ist ein windiger Samstagnachmittag. Selbst mitten im Ort bläst es unaufhörlich. Frieda Lieken steht vor drei miteinander verbundenen Fachwerkhäusern und wundert sich. Weil alles so verwaist wirkt. Eines der Bauten, das Predigerwitwen-Haus von 1581, ist das älteste Haus auf der Insel Fehmarn und Teil des Museums, das sie hatte besichtigen wollen.

Wenn es denn offen hätte.

Frieda stößt gereizt Luft aus und zieht ihren Zopf straff, zu dem sie ihr hellblondes Haar gebunden hat, ärgert sich, dass sie nicht daran gedacht hat, dass die meisten Museen auf der Insel in den Wintermonaten zu bleiben.

Sie blickt nach oben. Es ist empfindlich kalt, doch die Wolkendecke am Himmel reißt ab und zu auf und lässt wärmende Sonnenstrahlen durch.

Drei Grad hatte das Thermometer angezeigt, als Frieda nach Burg losgeradelt war. Ihre schwarze Thermohose und die weinrote Funktionsjacke mit ausreichend großer Kapuze hatten sie gut vor dem heftigen Wind geschützt, der ihr entlang des Küstensträßchens unbarmherzig um die Ohren pfiff.

Sie hätte das Auto nehmen können. Es parkt vorm Haus ihrer Großeltern, seit sie es aus Lübeck hergeholt hatte. Gleich am nächsten Tag, als sie ihren Führerschein zurückerhalten hatte. Doch in den letzten Monaten hat sie sich an ihren uralten Dreigang-Drahtesel gewöhnt, fährt tagtäglich damit zur Arbeit. Außer bei heftigem Regen, der auf der Sonneninsel Fehmarn eher selten fällt.

Zur Arbeit muss sie heute nicht. Im Haus ihrer Großeltern hielt sie trotz des rauen Wetters aber auch nichts. Sie braucht Ablenkung, will den Kopf freikriegen. Wegen der Entscheidung, die sie in Kürze zu treffen hat.

Eine folgenschwere Entscheidung.

Richtungsweisend für ihr weiteres Leben.

Ihr wird flau, wenn sie nur daran denkt.

Also gehe ich heute mal ins Museum, dachte sie sich und machte sich, ohne groß weiter zu überlegen, zur Inselhauptstadt auf.

Sie zieht eine Grimasse und schlendert weiter, sieht zur Nikolai-Kirche hoch, die sich neben dem Fehmarn-Museum befindet. Sie hat keine Ahnung, was sie nun mit dem angebrochenen Nachmittag anstellen kann. Burg kommt ihr vor wie eine Geisterstadt. Fast schon unheimlich, wenn keine Touristen unterwegs sind und die Läden fast allesamt geschlossen bleiben. Nur die Cafés und Bistros haben auf, für ein paar Stunden wenigstens. Doch Frieda verspürt keine Lust, sich in eine Gaststube zu setzen und etwas zu verzehren. Da hätte sie auch bei ihren Großeltern bleiben können. Dort gibt es frischen Apfelkuchen und würzigen Tee. Kaffee darf der Opa seit dem schweren Schlaganfall nicht mehr trinken.

Sie bleibt vor einer Bäckerei stehen, in der sie sich in den Mittagspausen ab und an einen Snack holt. Ein Croissant, gefüllt mit Frischkäse zum Beispiel. Meistens zieht es sie jedoch zu einer der Fischbuden im Ort. Sie fragt sich ständig, warum ihr noch keine Kiemen oder Schwimmhäute gewachsen sind – bei den Mengen an Matjesfilet, Dorsch und Hering, die sie verdrückt hat, seit sie ihren Dienst bei der hiesigen Polizei-Zentralstation verrichtet.

Sie blickt gedankenverloren ins dunkle Schaufenster der Bäckerei und sieht ihr Spiegelbild. Schemenhaft. Es verblasst und verschwindet ganz, als sich die nächste Wolke vor die Dezembersonne schiebt. Frieda geht weiter, streift ziellos umher, bleibt in Bewegung. Für längere Stehzeiten ist der Wind zu rau, bringt feuchtkalte Seeluft herein.

Frieda grinst, als sie sich erinnert, wie es für sie war, als sie im Sommer auf Fehmarn ankam. Strafversetzt zur Inselprovinzpolizei. Was hatte sie es gehasst! Hatte gedacht, hier zu verkümmern wie eine Pflanze ohne Licht und Wasser. Ohne den Trubel und die teilweise sehr harten Fälle, mit denen sie sich bei der Kripo in Lübeck konfrontiert sah, könne sie nicht existieren, glaubte sie.

Doch jetzt, nach rund fünf Monaten in der »Provinz«, muss sie feststellen, dass sie sich seltsam heimisch fühlt. Als hätte sie nie woanders gelebt.

Fürs Personal in der Bäckerei, beim Metzger und so viele andere Inselbewohner ist sie noch immer »die kleine Lieken« – Enkelin von Gundula Lieken, ihrer inselbekannten Großmutter, in deren Schneiderei sich alle regelmäßig verirrten. Bis Omas Finger wegen der Gicht nicht mehr so wollten. Doch das interessiert die hartnäckigsten ihrer einstigen Kunden wenig. Sie bringen die Kleidungsstücke jetzt eben zu ihr nach Hause. Frieda schmunzelt, als sie ihre Großmutter vor sich sieht, wie sie an die Haustür geht, sich eine zu kürzende Hose oder zu flickende Hemden überreichen lässt und dann theatralisch lamentiert, dass die Leute sie »einfach nicht in Ruhe lassen«. Was sie aber nicht davon abhält, sich schnurstracks an die Nähmaschine zu setzen und die Aufträge sogleich zu bearbeiten.

Ein rotgestrichenes Gebäude gelangt in Friedas Sichtfeld. Sie stutzt und bleibt wieder stehen. Ohne es zu merken, ist sie geradewegs zur Polizei-Zentralstation flaniert. Ihr Arbeitsplatz. Sie überlegt, einzutreten und Klaus kurz guten Tag zu sagen, der an diesem Wochenende in Bereitschaft ist. Wahrscheinlich verspeist er gerade ein dickes Stück Kuchen oder ein reichlich belegtes Brötchen und blättert in einer Autozeitschrift. Die letzte hatte sie ihm selbst mitgebracht. Eine Sonderausgabe über Oldtimer. Klaus fehlt auf keinem Oldtimer-Treffen im näheren Umkreis und redet noch immer von dem auf Fehmarn als wäre es gestern gewesen und nicht vor drei Monaten.

Frieda dreht ab, die behandschuhten Hände zusätzlich in den Taschen vergraben. Sie wandert weiter umher. In ihrem Kopf rauscht es wie das Wasser im Wildbach, sobald sie anfängt, das Für und Wider abzuwägen bezüglich der Entscheidung, die sie in exakt neun Tagen zu treffen hat.

Soll sie nach Kiel wechseln?

Oder weiterhin auf Fehmarn bleiben?

Kommissarin mit klar definiertem Aufgabenbereich bei einer Großstadt Kripo – oder doch lieber Mädchen für alles bei der Inselpolizei? Unter dem Karriereaspekt betrachtet wahrlich keine besonders schwere Entscheidung. Und doch …

Sie kommt an einem jungen Paar vorbei. Die beiden stehen engumschlungen vor einem geschlossenen Lädchen mit kunterbunter Auslage, haben aber definitiv keinen Blick dafür. Frieda betrachtet die zwei und denkt an Martin. Ihr Freund war gestern auf einer Weihnachtsfeier der Kripo Lübeck. Logisch, dass sie sich heute nicht sehen können, zecht der harte Kern, zu dem auch Martin zählt, bei solchen Anlässen doch stets bis weit nach Mitternacht.

Frieda atmet langgezogen aus, als sie Ronja Nahles‘ perfekt geschminktes Gesicht vor sich sieht – die Ex-Kollegin, der sie die Strafversetzung zur Inselpolizei zu verdanken hat. Nicht zum ersten Mal ertappt sie sich dabei, das Ganze inzwischen eher als Glücksfall einzustufen. *Ein Glücksfall, der meine großen Karrierepläne vergiftet wie der Biss einer Natter das arglose Kaninchen.*

Dennoch verspürt sie keine Sehnsucht, vermisst weder Lübeck noch ihren Job bei der dortigen Kripo.

Es ist, als hätte der frische Seewind ihr Wesen ordentlich durcheinandergewirbelt und eine ganz andere Frieda hervorgebracht.

Eine Frieda, die die Ruhe und Geborgenheit genießt, die sie nach ihrem turbulenten Start auf der Insel fand.

Auf Fehmarn lebt und arbeitet sie wie in einem Kokon, weitgehend geschützt vor der menschlichen Grausamkeit. Mordfälle sind die Ausnahme. Bei der Arbeit in der Polizei-Zentralstation zählen Bienen- und Honigdiebstahl zu den aufregenderen Fällen. Gelegentlich werden auch mal ein paar Drogen sichergestellt.

Wenn sie sich in diesem Umfeld festsetzt, ist der Traum von der taffen Kriminalkommissarin schneller passé als ein Huhn gackern kann. Darüber ist sie sich im Klaren.

Andererseits – im letzten Monat hatte sie ihre Freundin Lilly in deren neuen Wohnung in Berlin-

Pankow besucht. Ihr Mann hat eine gut dotierte Stelle in der Hauptstadt ergattert. Lilly packte alles ein und zog mit um. »Unsere beiden Kinder sind noch nicht schulpflichtig, und auf dem Spielplatz werden sie schnell neue Freunde finden. Was soll ich also allein in Lübeck?«, hatte sie achselzuckend gefragt und Frieda sogleich ins Café Einstein geschleppt, unweit des Brandenburger Tors. »Die haben einen genialen Käsekuchen, den musst du probieren!«

Seit diesem Besuch rumort es in Frieda erst recht. Brodelt es, als würden in ihrem Bauch Gnome hausen, die sich eine heiße Suppe mit ihren Magensäften kochen.

Will sie Kinder?

Gerade erst neunundzwanzig geworden, tickt die biologische Uhr sicher noch nicht. Sie möchte jedoch auf keinen Fall zu lange damit warten. So wie ihre Schwester, die ihre Zwillinge mit Anfang vierzig bekam. Nach einer künstlichen Befruchtung. Martins himmelblaue Augen schieben sich über das Bild ihrer Schwester. Sein jungenhaftes Lächeln. *Gäbe bestimmt hübsche Kinder*, geht ihr durch den Kopf und sie kann nicht verhindern, zu grinsen.

Martins Gesicht löst sich wie Rauch auf als sie merkt, dass etwas an ihrem linken Handgelenk vibriert. Eingehender Anruf, zeigt ihre Smartwatch an. Sie nimmt das Gespräch an, hört kurz zu – und wird kreidebleich.

2

AN DIESEM SPÄTEN SAMSTAGABEND

Sie lungert zwischen den beiden Linden herum, die vor dem Eingang des italienischen Restaurants stehen, und sieht zu den hell erleuchteten Fenstern.

»Doppeleiche« lautet der verwirrende Name des Lokals in Burgs Innenstadt. Die besagte Eiche gibt es aber auch. Sie wächst auf der Grünfläche der angrenzenden Straße in die Höhe und gilt als Symbol der Zusammengehörigkeit von Schleswig und Holstein.

Sie blickt auf ihre Armbanduhr. Es ist jetzt kurz vor halb zehn. Normalerweise würde das Restaurant bald schließen. Wenn es für Weihnachtsfeiern und ähnliche private Veranstaltungen gebucht wird, kann es natürlich auch mal später werden. *So wie heute …*

Von drinnen dringt Stimmengewirr, als die Restauranttür aufgeht und drei ältere Frauen hinaustreten. Eine blickt in ihre Richtung und stupst ihre beiden Begleiterinnen an, die daraufhin ebenfalls zu ihr hinsehen, sie interessiert mustern, dann aber weitergehen.

Unauffällig geht sicher anders.

Aber das spielt keine Rolle.

Wichtig ist nur, dass sie nicht erkannt wird. Groß verändert hat sie sich in den vergangenen Jahrzehnten rein äußerlich nämlich nicht. Es sind lediglich Falten hinzugekommen. Die grauen Strähnen fallen in ihrem aschblonden Haar kaum auf. Schon gar nicht bei künstlicher Beleuchtung, wenn sie nicht gerade die Strahlkraft eines Operationssaals aufweist.

Den kleinen Jute-Sack an sich gepresst, der ihre Waffen enthält, stakst sie auf wackeligen Beinen zur Restauranttür. Ihr Herz schlägt schnell und hart. *Fast wie ein Presslufthammer,* denkt sie. Ihre Hände sind feucht, ebenso ihre Stirn und ihr Rücken. Und das liegt nicht an ihrer Verkleidung.

Der samtene Umhang – eine von ihr umgearbeitete, ehemalige Tagesdecke – hängt zwar schwer auf ihren Schultern, und unter der Perücke mit den dichten blonden Locken wird einem sicher auch nicht kalt. Aber sie weiß, dass der Schweiß ihrer Nervosität geschuldet ist. Zum Glück hat sie die weiße Theaterschminke so dick aufgetragen, dass sie unmöglich verlaufen kann.

Sie zieht die Tür auf und schluckt hart. Ihr Herz scheppert wie das Schlagzeugblech eines wild gewordenen Drummers.

Warme Luft strömt ihr entgegen. Das Lokal ist voll besetzt. Bedienungen flitzen zwischen den Tischen umher. Hände gehen nach oben. Laute Zurufe der Gäste halten das Personal auf Trapp. Ein Ehepaar links am Tisch will zahlen. Zwei Tische weiter sind die Getränke leer. Einige der Gäste schauen kurz in ihre Richtung, wenden sich aber gleich wieder ihren Gesprächspartnern zu.

Das Erscheinen eines Weihnachtsengels regt im Monat Dezember erwartungsgemäß niemanden sonderlich auf. Die Leute meinen bestimmt, ihr Auftritt gehört zu den Attraktionen des Lokals. Zur Gästebelustigung. *Nun, für einige von euch wird es garantiert alles andere als lustig*, denkt sie grimmig, während sie langsam vorwärtsschreitet und ihren Blick suchend durch den großen Speisessaal schweifen lässt.

»Kann ich Ihnen helfen?«, will eine der Servicekräfte wissen, eine junge Frau mit kurzem, pechschwarz gefärbtem Haar und Augenbrauen-Piercing. Sie balanciert ein Tablett mit frisch gezapften Bieren in der rechten Hand und sieht sie sie auffordernd an.

»Ich möchte zu dem Klassentreffen«, gibt sie mit fester Stimme zurück. »Ich wurde als Überraschung gebucht.«

»Dahinten«, erwidert die junge Frau und deutet mit dem Kopf Richtung Terrasse.

Sie durchquert den gediegen eingerichteten Speisesaal, sieht die alte Freitreppe im Flur, die das Haus fast schon nobel wirken lässt. Hier und da folgen ihr kurze Blicke. Wirklich zur Kenntnis nimmt sie nur ein kleines Mädchen, vielleicht acht Jahre alt, das plötzlich vor ihr steht und mit leuchtenden Augen zu ihr aufblickt. »Janina, lass den Engel in Ruhe und komm wieder her«, hört sie eine energische Stimme rufen. Doch die Kleine rührt sich nicht vom Fleck und schaut sie aus großen, braunen Augen erwartungsvoll an.

»Entschuldigen Sie«, sagt eine Frau, greift nach der Hand des Mädchens und zieht es mit sich fort. *Vermutlich die Mutter,* denkt sie, ihren Blick auf den auch im Rückenbereich mit silbernen und schwarzen Pailletten besetzten Pullover der Frau gerichtet.

Sie setzt ihren Weg fort und tritt nach draußen, hält das Jute-Säckchen mit beiden Händen, krallt sich daran fest wie an einem Rettungsanker.

Die Terrasse ist windgeschützt. Die zwölf Gäste sitzen in Korbsesseln. Heizstrahler sorgen für Wärme. Dennoch haben die meisten dicke Jacken an. Die Temperaturen sind zwar nicht nennenswert gefallen, immer noch Plusgrade. Doch ohne Sonnenstrahlen, die einen wenigstens ab und zu wärmen, fühlt es sich hier draußen in der Nacht schnell frostig an.

Sind ja nicht gerade viele Teilnehmer, stellt sie hämisch und stumm fest. Hatte sie sich doch gleich gedacht, dass es eine Schnapsidee ist, so ein Klassentreffen am zweiten Adventssamstag abzuhalten. Wenn überall

Weihnachtsfeiern stattfinden. Logisch, dass dann viele verhindert sind. Aber nein, es musste dieser Termin sein, weil Alex aus Australien zu der Zeit im Lande ist. Und weil Charlotte, Organisatorin des Treffens, anscheinend noch heute für ihn schwärmt, drückte sie den Dezembertermin durch. Billigend in Kauf nehmend, dass viele der ehemaligen Klassenkameradinnen und -kameraden zu dem Zeitpunkt garantiert nicht dabei sein würden.

Ihre Zielpersonen sind jedoch da. Alle drei.

Ihre zartrosa eingefärbten Lippen verziehen sich zu einem schiefen Lächeln. *Und dass wir hier draußen auf der Terrasse quasi unter uns sind, macht alles noch einfacher.*

Sie schwirrt um die wenigen Gäste herum wie eine überdrehte Elfe und summt eine Weihnachtsmelodie. Dabei betrachtet sie die Anwesenden, inspiziert ihre Gesichter. Ihr Lächeln wird immer breiter, als sie feststellt, wie sehr der Zahn der Zeit an manchen genagt hat. Pralle Bierbäuche, Halbglatzen, Hängewangen. Bei den Weibern: Speckrollen, eisgraues Haar und stellenweise Furchen statt Falten. Nicht leicht, in diesen Gestalten die Teenager von einst wiederzuerkennen. Kaum verändert haben sich lediglich der hagere Thorsten und die drahtige Marlies.

Die Frauen, vier an der Zahl, beobachten sie irritiert, wie sie um sie herumtänzelt, und wirken dann zunehmend genervt. Der hagere Thorsten und Frank, von dessen Lockenkopf nur noch graubraune Stoppeln übrig sind, bemerken sie gar nicht, so sehr sind sie in ihr Gespräch vertieft. Basti schaut gelangweilt.

Florian grinst. »Guck, guck, ein Engelchen«, säuselt er. Seine rote Gesichtsfarbe lässt darauf schließen, dass er schon Einiges intus hat.

»Hock dich zu uns, blonde Maus«, grölt Alex aus Australien und versucht, ihren Umhang zu schnappen. Sie weicht geschickt aus, zieht den Jutesack auf und befördert kleine Fläschchen zutage. *Jetzt bloß keinen Fehler machen …*

Sie stellt drei der ehemals mit Schnaps gefüllten Behältnisse auf dem ersten Tisch ab. Allesamt mit blauem Schraubverschluss.

Die mit den roten Verschlüssen platziert sie geschickt vor Kirsten, Basti und Flo. Kirsten, die Schönheit von damals, mustert das Fläschchen misstrauisch.

Sie verspürt einen Stich in der Magengegend, als sie sich an die mitleidigen, größtenteils jedoch verachtenden Blicke der Kameradin erinnert. Heute, mit Mitte Fünfzig, ist von deren einstigen Attraktivität nicht mehr viel übrig. Ihre Schlankheit wirkt jetzt verhärmt. Das früher glänzende, rotblonde Haar sieht spröde aus. Matt. So wie Kirstens Gesichtsausdruck.

»Noch alles gut bei euch?« Der Blick der älteren Servicekraft bleibt an ihr hängen, wandert aber gleich weiter. Die Frau trägt ihr granatrot gefärbtes Haar hochgesteckt. Sie zieht die Brauen hoch und wendet sich wieder ab, als niemand auf ihre Frage reagiert. Drinnen ist zu viel los, als dass sie Zeit hätte, sich um was anderes zu sorgen als das leibliche Wohl der Gäste.

»Geht aufs Haus«, ruft sie mit glockenhell verstellter Stimme, nimmt ein Fläschchen – mit blauem Verschluss – und hebt es an. »Prost!«

Alle nehmen ihr Fläschchen, außer Thorsten und Frank, die noch immer heftig diskutieren, mit vehementer Gestik die jeweilige politische Ansicht untermauern. Kirsten schraubt ihres auf und schnuppert daran, während die anderen die Flüssigkeit bereits in ihre Kehlen stürzen.

Gut so! Sie selbst trinkt ebenfalls ein winziges Schlückchen – und reißt die Augen auf, als sie sieht, wie Kirsten das Fläschchen wieder abstellt. *Oh, nein!*

»Jetzt sei kein Frosch!«, tönt Alex aus Australien. »Los, runter mit dem Weihnachtspunsch!«

Marlies, Basti und Flo klatschen in die Hände, funkeln Kirsten auffordernd an. Die seufzt, greift sich das Fläschchen und kippt es auf ex runter. Die anderen drei johlen und klopfen auf den Tisch. Kirsten lächelt und schafft es so, zumindest eine Erinnerung an ihre Attraktivität von einst zu wecken.

So anmutig wie möglich, um ihrer Engelsrolle gerecht zu werden, schwebt sie zwischen den Tischen durch und knickst einige Male artig. Flo suggeriert eine Verbeugung, bleibt dabei aber sitzen.

Sie lässt sich etwas abseits in einen der noch freien Korbsessel nieder und zieht ihr Handy aus der Hosentasche. Unter dem samtenen Umhang trägt sie eine schwarze Jeans und einen dicken cremefarbenen Rollkragenpullover. Sie aktiviert das Display, tut so, als wäre sie in irgendwelche Nachrichten vertieft.

Klappt immer. Sich mittels eines solchen Apparats aus der Gemeinschaft zu klinken. Scheint ein ungeschriebenes Gesetz zu sein, Menschen nicht anzusprechen, solange sie auf ihr Smartphone starren. Zwischenzeitlich linst sie zu ihren ehemaligen Klassenkameradinnen und -kameraden hin.

Es dauert keine zehn Minuten, bis der Erste beinahe vom Korbsessel rutscht, so schläfrig ist er geworden. Ist vermutlich seinem Alkoholkonsum geschuldet, die schnelle Wirkung des Schlafmittels.

»Komm, Flo, wir ordern uns ein Taxi«, hört sie Basti rufen und sieht, wie der ausgiebig gähnt.

»Och, wollt ihr echt schon gehen?« Charlotte klingt, als wenn sie gleich anfängt zu heulen. Verstohlen schielt sie zu Alex, der sich gerade angeregt mit Marlies unterhält.

Sie springt schnell auf, sodass ihr beinahe der Umhang verrutscht. »Mein Wagen steht praktisch vor der Tür, wo soll's denn hingehen, Jungs?«

»Awas, d'Engl von heud könn Audo fahn?«, lallt Flo.

»Sie spielen auch Taxi?«, will Basti wissen und schaut ihr schlapp entgegen. »Ist ja interessant.« Seine Stimme wird immer leiser, das letzte Wort ist nur noch Gemurmel.

»Jeden Tag eine gute Tat«, gibt sie scheinbar leichthin zurück, den Blick auf Kirsten geheftet. *Los, schließ dich an!*

Doch die macht keine Anstalten, sitzt bequem zurückgelehnt in ihrem Korbsessel und starrt in den

Nachthimmel. Sterne funkeln. Die Wolken vom Tag sind weitergezogen. Anders als im Speisesaal, in dem die verschiedensten Essensgerüche umherwabern wie Nebelschwaden überm Moor, kann man hier draußen die feuchtfrische Seeluft erschnuppern.

»Will noch jemand eine Freifahrt?«, ruft sie überlaut. Als stünde sie vor hundert Leuten und nicht nur vor zwölf.

Niemand reagiert. Die Verbliebenen sind wieder in Gespräche vertieft, lassen die alten Zeiten aufleben.

»Was ist jetzt?« Den schon halb bewusstlosen Flo gestützt, blickt Basti in ihre Richtung. Seine Lider werden ebenfalls immer schwerer. »Fahren wir nun, oder nicht?«

»J-ja … Moment …« Sie zerrt ihren Jutesack zu, tritt auf der Stelle und schielt zu Kirsten. Die rührt sich nicht.

Sei's drum! Sie presst die Lippen aufeinander. *Dann eben nur die zwei.* Sie setzt sich in Bewegung und bedeutet den beiden Männern, ihr zu folgen.

»Wartet, ich will mit!«

Ihr Herz macht einen freudigen Satz, als sie sieht, wie Kirsten ihnen hinterher trottet, sich offenbar nur noch schwer auf den Beinen halten kann. Sie hakt sie scheinbar freundschaftlich unter.

»Wir fahren auch mit«, hört sie zwei weitere Stimmen rufen. Zu wem sie gehören, interessiert sie nicht. »Geht nicht, passen nur drei bei mir rein, ich komm gleich noch mal wieder«, lügt sie über die Schulter und zieht Kirsten mit sich.

»Ich hol das Auto ran«, verkündet sie, nachdem sie das Restaurant verlassen haben.

»Jo, is' gut«, nuschelt Basti und lässt sich mit Flo auf den Gehweg sinken. Kirsten lehnt an einer der beiden Linden, die Augenlider geschlossen.

Mögen die Rachespiele beginnen, hätte sie am liebsten jauchzend ausgerufen, als sie um die Ecke flitzt und auf ihren am Straßenrand parkenden Wagen zueilt.

Wer schlau ist, weiß, was er sagt. Nur der Dumme sagt, was er weiß.

(Alte Volksweisheit)

3

MONTAGMORGEN
POLIZEI-ZENTRALSTATION

Es ist kurz vor acht. Frieda sitzt seit rund einer Stunde am Schreibtisch der Dienststelle und versucht, sich auf das ihr vorliegende Schriftstück zu konzentrieren. Um was es darin geht, weiß sie immer noch nicht, obwohl sie die ganze Zeit draufstarrt.

Ihre Gedanken kreisen um Oma Lieken. Sie liegt seit Samstagnachmittag im Krankenhaus. Nach ihrem Zusammenbruch, von dem sie durch den Telefonanruf eines Nachbarn erfahren hatte. Oma Lieken war im Vorgarten zugange gewesen, hatte Laub wegrechen wollen, als sie plötzlich das Bewusstsein verlor.

Schwächeanfall. Normal in diesem Alter, lautete die Diagnose. Friedas achtundsiebzigjährige Großmutter soll trotzdem noch bis morgen zur Beobachtung im Krankenhaus bleiben. Obwohl sie sich vehement dagegen zur Wehr setzte. Frieda hatte mit Engelszungen auf sie einreden müssen.

»Aber wir können Opa doch nicht so lange allein lassen!«, hatte sie energisch protestiert.

Frieda verspürt einen Stich im Herzen, als sie daran denkt, dass ihr Großvater am heutigen Tag, an dem sie ihren Dienst zu verrichten hat, tatsächlich die meiste Zeit für sich zubringen muss. *Was, wenn er auch noch stürzt … und dann stundenlang am Boden liegt … womöglich mit Knochenbrüchen …*

Sie kneift die Augen zu, die Kiefer aufeinandergepresst. Ihr Herz schlägt schneller. Der Gedanke daran, dass der Nachbar zugesagt hatte, heute einige Male nach Opa zu sehen, beruhigt sie nur minimal. Ihr Großvater schafft es zwar geradeso, sich allein aus dem Rollstuhl zu hieven, wenn er zur Toilette muss. Dennoch ist nie sicher, ob er dabei nicht doch einmal hinfällt. Und allein vom Boden aufstehen – das kann er seit dem Schlaganfall nicht mehr. Selbst, wenn er unverletzt bliebe.

Aber dann würde Nero Alarm schlagen, versucht Frieda weiter, sich stumm zu beruhigen, das zu bearbeitende Schriftstück fest im Blick.

Nero ist der kleine Hund, den sie adoptiert hat. Den Namen hatte sie durch eine der Aussagen des Vorbesitzers erfahren, den sie selbst verhaftet hatte.

Wenn was mit Opa ist, wird Nero keine Ruhe geben, wiederholt sie still.

Der Hund und er sind beste Freunde. Der Vierbeiner döst gern auf Opas Schoß und läuft jedes Mal mit, wenn er einen Ausflug nach draußen in seinem Rollstuhl unternimmt.

Ich kann doch nicht einfach nach Kiel gehen und die beiden ausgerechnet jetzt im Stich lassen! Sie krallt die Finger in das Schriftstück, zerknittert es beinahe. *Das wäre egoistisch und unfair! Auch den Kollegen gegenüber.*

Sie blickt zu Klaus, der ihr gegenübersitzt und telefoniert. Wenn sie geht, wäre er ab Januar erst einmal allein, da der zahnkranke Arno überraschend sechs Monate früher aus dem Dienst scheidet. Und im August soll Heiner Eisler folgen.

Sie beobachtet Klaus, der offenbar ein ziemlich anstrengendes Telefonat führt – daran zu erkennen, dass er immer wieder den Hörer weghält und mit den Augen rollt. Friedas Mundwinkel zucken. Klaus sieht mit seiner massigen Figur und dem schütteren Haar nicht nur aus wie ein gemütlicher Dorfpolizist, er hat auch das Gemüt eines solchen. Da muss jemand schon enorm nerven, um ihm eine solche Reaktion zu entlocken.

Er legt den Hörer in die Gabel und schnauft. Wie nach schwerster körperlicher Anstrengung.

»Was war denn los?«, fragt Frieda leichthin. Sie schält sich erst jetzt aus ihrer weinroten Funktionsjacke. Auf ihrem Weg zur Dienststelle war sie vom frühmorgendlichen Seewind ordentlich ausgekühlt worden, obwohl sie maximalen Muskelschmalz in die Fahrradpedalen legte.

»Ach, nichts weiter.« Klaus winkt ab. Er wuchtet seinen schweren Körper aus dem Schreibtischsessel und wendet sich Richtung Küche. »Da war nur so eine Matrone am Apparat, die ihren Mann seit gestern vermisst. Wo er doch versprochen habe, sie jeden Tag anzurufen.« Er dreht sich zu Frieda und zuckt die Achseln. »Würde sich nun aber nicht mehr melden und auch ihre Sprachnachrichten nicht beantworten. Kein Wunder bei so einer Furie.« Klaus grinst verschmitzt. »Da würde doch jeder Mann irgendwann das Weite suchen.«

»Naja.« Frieda schiebt sich eine Haarsträhne hinters Ohr, die sich aus ihrem Zopf gelöst hat und vor ihrem linken Auge hing. »So ganz auf die leichte Schulter nehmen können wir's nicht.«

»Ach was, da ist nichts.« Klaus macht eine wegwerfende Handbewegung. »Der werte Gatte war auf einer feuchtfröhlichen Feier, sagt die Matrone. Sie erwarte ihn heute im Laufe des Tages zurück, weil er gestern erst noch jemanden aus seiner Studentenzeit besuchen wollte. Läge auf dem Weg. Also soll sie es doch erst mal abwarten, oder? Vielleicht steht der Herr Gemahl irgendwo im Stau und hat vergessen, das Handy aufzuladen.«

»Das kann er doch im Auto tun«, wirft Frieda ein, was Klaus jedoch nicht groß interessiert.

»Wer weiß, wie viel er sich auf dieser Feier reingeschüttet hat«, kombiniert er weiter wild vor sich hin. »Und jetzt will er erst mal nix hören und nix sehen und schläft seinen Rausch aus – und das möglicherweise nicht allein.« Er zwinkert Frieda vielsagend zu.

Sie blickt ihn zweifelnd an, lächelt aber dabei. »Deine Ruhe möchte ich haben.«

Klaus hebt erneut die Schultern. »Wie sagt man doch gleich? Eile mit Weile. Wirst du mit den Jahren auch noch lernen, dass es sich so viel leichter lebt.« Er zwinkert ihr abermals zu. Dieses Mal freundschaftlich. »Ich mach mal Kaffee.«

»Vergiss es, Krisensitzung!« Urplötzlich materialisiert wie ein Geist, steht Heiner Eisler im Türrahmen. Der Chef der Polizei-Zentralstation ist fast immer der Erste vor Ort, sitzt schon in seinem Büro, wenn die anderen eintrudeln. »Stendebach vermisst drei Gäste!«, ruft er und blickt zwischen Klaus und Frieda hin und her wie beim Tennismatch. In seinem altmodischen grauen Sakko mit den vier großen Knöpfen und der schief sitzenden Fliege um den dürren Hals wirkt er am heutigen Morgen auf Frieda wie ein Komparse für einen Film aus dem frühen letzten Jahrhundert.

»Sie reden von dem Hotelier?« Sie runzelt die Stirn.

»Genau dem, ja!« Eislers Augen sprühen Funken. Im Gegensatz zu Klaus reicht bei ihm ein winziger Funken, um sein Gemüt lodern zu lassen wie Feuer bei einem Waldbrand. »Letzter Aufenthalt der drei war die Doppeleiche.«

»Das italienische Restaurant?«

»Ja, welches denn sonst, du Hornochse!«, blafft Eisler, und Frieda staunt jedes Mal aufs Neue, mit welch stoischer Gelassenheit Klaus sich das bieten lässt. Sie schüttelt demonstrativ den Kopf, die Arme verschränkt, was Eisler wiederum nicht die Bohne kratzt. »Also los, Herrschaften!« Er klatscht laut in die Hände. »Aktion, bitte!«

»Kann es nicht sein, dass die drei einfach abgereist sind, ohne zu zahlen?«

Eislers spöttischer Blick durchbohrt Frieda. »Netter Versuch, Lieken. Die Herrschaften haben jedoch im Voraus bezahlt.«

»Und ist bekannt, zu wem die drei Vermissten zuletzt Kontakt hatten?«

Eisler lächelt gequält. »Ist es. Zu einem Weihnachtsengel.«

4

ZUR GLEICHEN ZEIT
AUF DER WALLHALBINSEL

Sie hockt mit übereinandergeschlagenen Beinen in dem einsamen Strandkorb am Südstrand. Die Sonne scheint, der Himmel ist nahezu wolkenlos. Sie beobachtet drei Möwen, die sich mit ausgebreiteten Flügeln vom Wind tragen lassen. Der ist an diesem Morgen wieder grimmig kalt, fährt durch ihre gestrickte grüne Mütze, als gäbe es sie gar nicht. Das winddurchlässige Teil hat sie sich am Tag ihrer Ankunft in einem Souvenirladen gekauft. *Hätte ich mir schenken können,* denkt sie und zerrt sich die Mütze vom Kopf. Die Wolle kratzt. Der Wind rüttelt am blauweiß gestreiften Stoff des Strandkorbs. Der scheint stabil zu sein, schirmt sie gut ab vor den Böen.

Ihre drei Geiseln liegen seit Samstagnacht in dem Häuschen, das sie gemietet hat. Es liegt am äußersten Rand der Halbinsel, nur wenige Meter vom Ufer entfernt. Zur anderen Seite wachsen dichte Büsche in die Höhe. Wer den Strand nicht bis zum Ende abschreitet und dann nach rechts schaut, sieht das Häuschen gar nicht.

Die Geiseln schliefen tief und fest bei der Ankunft, sodass es ein Leichtes für sie war, deren Mobiltelefone einzukassieren und auszuschalten. Handys kann man orten, wie sie weiß. Aber nur, wenn sie an sind. Danach bugsierte sie ihre »Fracht« aus dem Auto und zog die schlaffen Körper ins Häuschen.

»Villa Küstenwind« haben es die Besitzer getauft.

Sie zieht ihre hohe Stirn kraus. Das mit dem Küstenwind passt, der ist allgegenwärtig. Zumindest zu der Jahreszeit. Aber Villa? Sie stößt ein Grunzen aus. »Baracke Küstenwind« hätte sie das winzige Gebäude mit der minimalistischen Ausstattung getauft. Der Fernseher im kleinen Wohnzimmer ist nicht größer als ein Tablet. Selbst die Bildschirme in den Krankenhauszimmern kommen ihr größer vor. Das Sofa ist schmal und durchgesessen, der Kleiderschrank klein. Zwei Schubladen der Kommode im Schlafzimmer klemmen. Die Türen quietschen. Alle. Doch das ist egal. Sie ist schließlich nicht zum Vergnügen hier.

Sie erhebt sich und muss aufpassen, dass der Wind sie nicht gleich wieder zurück in den Sitz drückt. Er bläst ihr Haar nach hinten, die Mütze hat sie vergessen, während sie durch den Sand stapft, den Blick nach vorn gerichtet, die Augen verengt. Noch weiß sie nicht recht, was genau sie mit ihren drei Geiseln anstellen soll. Vorsorglich hat sie ihren einstigen Peinigern nochmals eine großzügige Dosis von dem Schlafpulver verabreicht, bevor sie das Häuschen verließ.

Soll die Gefangenen bis zur nächsten Fütterung ruhigstellen.

Gestern Abend hatte sie ihnen zuletzt etwas vorgesetzt. Arme und Beine ihrer Geiseln blieben dabei mit dem stabilen Draht gefesselt, der ihr in dem windschiefen Schuppen aufgefallen war, der zur Villa Küstenwind gehört.

Sie lächelt hämisch, als sie daran zurückdenkt, wie die eingebildete Kirsten auf Knien und nach unten gebeugt über der Schüssel hing, die sie vor sie auf den Boden gestellt hatte, und das Wasser gierig rausschlabberte. *Wie eine räudige Hündin!*

Basti hatte sie zuerst mit einem Eimer Eiswasser traktiert, bevor sie ihm gestattete, seinen nach dem Schlafmittel brennenden Durst zu stillen, indem er aus besagtem Eimer trinken musste. Seither liegt er auf dem harten und kalten Wohnzimmerboden herum und schläft, schimpft, lamentiert oder winselt. Zwischenzeitlich hatte er außerdem mehrfach versucht, an ihre »Vernunft« zu appellieren – was ihm jedes Mal einen schmerzhaften Tritt zwischen die Rippen einbrachte.

Flo sagte bisher nichts. Er dämmert durchgängig vor sich hin, scheint weder hungrig noch durstig zu sein.

Und Kirsten? Die starrt sie nur an. Aus angstvoll geweiteten Augen.

Ein wahres Fest!

Ihr Puls beschleunigt sich, lässt das Blut warm durch ihre Adern laufen. So gut wie an diesem Morgen hat sie sich in den vergangenen Jahrzehnten nicht einmal gefühlt. *In den Jahrzehnten des stummen Leids und der leisen Qual …*

Sie stapft durch den tiefen Sand, bewegt sich zielstrebig auf das kleine Häuschen zu, das Gesicht zur grimmigen Maske verzogen. Sie stolpert, als sie mit dem linken Fuß an einem größeren Stein hängenbleibt. Sie rudert mit den Armen, macht einen Ausfallschritt und landet in einem Sandloch, knickt ein. Schwer wie eine Figur aus Blei stürzt sie zur Seite und bleibt erst mal liegen. Wehgetan hat sie sich nicht. Der Sand ist weich. Doch sie kann nicht gut mit Überraschungen. Ihr Herz rast wie ein Formeleins-Wagen beim Überholmanöver.

Sie rappelt sich unbeholfen auf und ärgert sich über ihr Schuhwerk. Gefütterte Lederstiefel mit glattem Absatz. Solide Gummistiefel wären besser gewesen, besitzt sie aber nicht. Sie klopft ihren Steppmantel ab und merkt erst jetzt, dass sie die Mütze vergessen hat. *Egal, taugt sowieso nix, das Ding!*

Der Wind braust ihr mit voller Kraft entgegen. Weiter hinten am Strand sieht sie ein Kind, das versucht, einen roten Drachen steigen zu lassen. Eine Frau eilt herbei, wohl die Mutter, und sammelt das Kind ein, zieht es mit sich fort. *Tatsächlich kein Wetter, um am Strand zu spielen.* Sie friert, kneift die tränenden Augen zu, beide Hände auf die Ohren gepresst.

Als der Wind etwas nachlässt, entspannt sie sich. Langsam. Sie bleibt aber dennoch stehen wie in Ton gehauen. Weil dieses Gefühl in ihr tobt. Diese Empfindungen, die wie Axtschläge in ihrem Inneren wüten und alles wund schlagen.

Seit dieser E-Mail war alles wieder aufgewallt wie eine Mammutwelle, die droht, sie von innen her zu ertränken.

Sie ist hässlich.

Sie ist nichts wert.

Sie ist ein Punchingball. Ein Fußabtreter.

Müll, Abfall …

»Affengesicht! Missgeburt! Hässliche Kuh!« Das Geplärre scheppert in ihrem Schädel, schmerzt, als wenn jemand zwei glühend heiße Orchesterbecken gegen ihre Hirnwände dreschen würde. Sie schüttelt den Kopf, die Kiefer aufeinandergepresst. *Schluss, Schluss, Schluss!*

Als in ihrem Hirn endlich wieder Ruhe einkehrt, schluckt sie schwer bei der Erinnerung an den Moment, als sie diese E-Mail öffnete.

Die E-Mail, die alles Leid, die Schmach und ihre Ängste von damals wieder ganz nach oben auf den Schirm ihrer Wahrnehmungen spülte – wie mit vollem Druck aus einem Wasserschlauch gespritzt.

Tagelang hatte diese Mail in ihrem Postkorb gelauert, hatte sich einfach nicht in Luft auflösen wollen, bis sie schließlich all ihren Mut zusammennahm und die Nachricht mit der Überschrift »Klassentreffen 10b« anklickte.

Zu sehen bekam sie einen längeren Text. Mit viel Kursivschrift und einigen Fettdrucken. Sie begann zu lesen – und konnte es nicht fassen, hatte Schwierigkeiten, Atem zu holen.

»Es wäre doch genial, wenn wir als komplette Truppe unseren Abschluss vor vierzig Jahren feiern könnten«, stand da am Schluss.

Wollen die mich verhöhnen?

So lautete die erste Frage, die sich ihr spontan stellte.

Oder brauchen die nur wieder jemanden, den sie fertigmachen können auf ihrem ach so tollen Treffen?

Mit jeder Minute, die verging, während sie wie gelähmt auf diesen Text stierte, wuchs ihre Wut. Und ihre Verbitterung.

Weshalb hatte Charlotte sich überhaupt die Mühe gemacht, sie zu finden? War doch sicher nicht ganz einfach gewesen, hatte sie doch mit Beendigung des letzten Schultags jeden Kontakt zu diesen Bestien abgebrochen, die die letzten Jahre ihres Schülerlebens zu einer wahrhaftigen Hölle für sie werden ließen.

Und jetzt soll ich mich mit denen an einen Tisch setzen und in Erinnerungen schwelgen? Meinen die das wirklich ernst? Nein, das muss ein Scherz sein. Ein ganz schlechter Scherz!

Ihr Finger schwebte eine gefühlte Ewigkeit über der Löschtaste. Doch der Zorn, der in ihr wucherte wie Unkraut nach der Behandlung mit einem Turbodünger, diktierte ihr ein anderes Vorgehen.

Sie beließ die Mail in ihrem Postkorb, lehnte sich in ihrem Schreibtischstuhl zurück, die Hände hinter dem Kopf gefaltet, und fing an, nachzudenken. Darüber, wie sie es diesen Monstren heimzahlen könnte.

Sie stellte sich verschiedene Szenarien vor, ließ ihrer Fantasie zunächst freien Lauf, malte sich die herrlichsten Folterszenen aus. Tagelang.

Zuerst dachte sie, dass es damit gut wäre.

Mit dem Ausschmücken von Rachefantasien.

Als Charlotte sie dann aber auch noch in diese WhatsApp-Gruppe hinzufügen wollte, in der es bereits »hoch her ging«, fiel die mühsam zurückgewonnene Gelassenheit von ihr ab wie eine uralte Tapete von der feuchten Wand. Sie nahm die »Einladung« in diese unsägliche Gruppe an – mit dem Zweck, diesen Hornochsen verbal so richtig eine zu verpassen! Sie wollte ihre Wut auf sie alle in die Tasten hauen, dass ihn Hören und Sehen verging! *Mal sehen, ob ihr dann immer noch feiern wollt*, hatte sie gedacht, als sie die ersten Sätze ins Kommentarfeld tippte.

Und dann abbrach.

Die Worte wieder löschte.

Weil ihr klar wurde, dass sie damit nichts erreichen würde, außer ein paar halbherzige Entschuldigungen. Und die kämen sowieso nur von denen, die sich im Hintergrund gehalten hatten.

Nicht, dass sie diese Jammerlappen nicht auch für schuldig halten würde! Geholfen hatte ihr niemand. Keiner stand ihr bei. Sie sahen alle zu. Oder weg. Je nachdem.

Im Laufe ihres Lebens hat sie jedoch gelernt, dass der Typus des Mitläufers bei der menschlichen Gattung ganz klar die erdrückende Mehrheit ausmacht. Diese Art Menschen wollen nicht selbst denken, sondern gelenkt werden. Und in der Regel folgen sie den Personen, die am lautesten brüllen. Egal was. Nur so lässt sich ihrer Meinung nach das Dritte Reich erklären.

Also konzentrierte sie sich auf diese Schreihälse von damals. Machte die drei Mitschüler aus, die die Hatz gegen sie entflammten und dann immer wieder anfachten. Wie Feuer im Kamin. *Loderndes Feuer!*

Und so reifte in ihr dieser Plan, während sie still in der WhatsApp-Gruppe mitlas und ihren Hass nährte, mit jedem neuen Satz dieser Quälgeister immer mehr Bitternis in sich spürte.

»Ey, Basti, du coole Socke!«

»Jo, Flo, mein Blutsbruder, wie geht's?«

»Ich kann's kaum erwarten, euch alle wiederzusehen!«, entblödete sich Kirsten, auf das dumpfe Männergeplapper zu antworten.

Ihr wurde buchstäblich schlecht. Sie hatte tatsächlich würgen müssen.

Charlottes wiederholte Nachfragen an sie in diesem Gruppenchat, ob sie denn auch an dem Treffen teilnehmen würde, ließ sie unbeantwortet.

Eine Woche vor dem Termin klinkte sie sich aus der Gruppe aus. Damit es den Anschein erweckte, dass mit ihr nicht zu rechnen sei.

Zu dem Zeitpunkt hatte sie bereits das ganze Equipment zusammen, das sie für ihre Rolle als Weihnachtsengel benötigte: Umhang, Maske, Theaterschminke, Schlafpulver, Schnapsfläschchen. Außerdem hatte sie die Lokation rund um den Treffpunkt genau studiert.

In den Nächten schlief sie kaum. Ließ es zu, dass die Nervosität sie fast auffraß, sie beinahe dazu brachte, ihren Plan nicht auszuführen.

Gut, dass ich stark blieb, denkt sie, die rechte Faust wie im Krampf geballt.

Sie geht langsam weiter, während der Wind ihr steil ins Gesicht bläst. Die Sonne hat sich zwischenzeitlich hinter Schleierwolken verborgen, was die Temperatur gefühlt um mindestens fünf Grad sinken lässt. Die Möwen am Himmel ficht das nicht an. Sie gleiten noch immer durch die Luft und kreischen. Sie dreht den Kopf in ihre Richtung und schaut zu ihnen hoch, wendet sich aber gleich wieder ab und nimmt das Häuschen ins Visier, das nur noch wenige Meter von ihr entfernt liegt.

Dort drinnen warten ihre »Gäste«.

Sie grinst böse, sieht die drei vor sich, wie sie gefesselt und zum Schweigen verdammt auf dem Wohnzimmerboden liegen. Bevor sie sich zu ihrem Morgenspaziergang aufgemacht hat, hat sie ihnen mit einem breiten Klebeband die Schandmäuler verschlossen.

Für den Fall, dass sie doch vorzeitig aufwachen.

Nicht, dass sie hier draußen jemand hätte hören können. Die »Villa Küstenwind« steht frei. Das nächste Gebäude ist weit genug entfernt. Der Strand ist derzeit so gut wie leer und die Hoteltürme, Blickfänge in Burgtiefe-Südstrand, sind alles andere als ausgebucht. Wer hat schon Lust auf Strandurlaub und Wassersport bei Temperaturen unter zehn Grad und scharfem Nordostwind?

Sie zieht die schmale Eingangstür auf, tritt ein, zieht den Steppmantel aus und hängt ihn ordentlich an das Garderobengestell in der Flurnische.

Aus dem Wohnzimmer dringt kein Laut.

Sie lächelt zufrieden.

Ein Tag bei Wasser und altem Brot macht selbst die schlimmsten Krakeeler devot.

Sie drückt die dunkle Holztür auf und späht in den kleinen Raum. Basti hat sich irgendwie in eine halbsitzende Position manövriert und starrt glasig vor sich hin. Kirsten liegt wie weggeworfen auf dem Rücken. Ihre Lider flattern. Ihre fahle Gesichtshaut glänzt ungesund, steht im krassen Kontrast zum schwarzen Klebeband über ihrer Mundpartie. Flo befindet sich nach wie vor in relaxter Bauchlage und rührt sich nicht.

Eine Woge der Wut türmt sich in ihr auf. Sie trampelt ins Zimmer. *Na, den werde ich jetzt erst mal wecken!* Sie tritt ihm in die Seite. Mehrfach. Und mit immer mehr Wucht. Die panischen Töne, die Kirsten und Basti ausstoßen, hört sie nicht. Sie beugt sich zu Flo hinab, dreht ihn unsanft auf den Rücken und reißt ihm das Klebeband mit einem Ruck ab.

Flo reagiert nicht.

Sie starrt ihn an.

Er ist eindeutig noch blasser als Kirsten.

Außerdem atmet er nicht.

5

NOCH AM GLEICHEN TAG
IN DER INSELHAUPTSTADT

Frieda läuft zügig durch Burgs Gassen, steuert den direkten Weg zur *Doppeleiche* an. Das Restaurant hat montags geschlossen. Also rief sie Cesare Rossi an, den Inhaber, und bat ihn, sich mit den Servicekräften in Verbindung zu setzen, die am Samstagabend die Gäste bedienten. Nach rund einer Stunde erfolgte Rossis Rückruf nebst Zusage, dass sich immerhin fünf der Damen und Herren zu der Vernehmung einfinden werden. Zwei weitere Aushilfskräfte waren nicht erreichbar, hatten die Mobiltelefone am regulären Arbeitsplatz ausgeschaltet.

Den Kopf eingezogen und den Kragen ihrer Jacke bis ans Kinn hochgeschlagen, biegt Frieda nach rechts ab. Der Wind weht drinnen im Ort nur mäßig. Dennoch ist es ihr kalt, sie fröstelt beinahe. *Muss am Schlafmangel liegen.*

Die Sorge um Oma Lieken hat sie in der vergangenen Nacht stundenlang wach gehalten. Als sie sie am frühen Morgen, bevor sie nach Burg aufbrach, anrief und die schon wieder recht muntere Stimme ihrer Großmutter hörte, beruhigte das ihre Nerven zwar kurzzeitig. Doch dass sie den Opa allein lassen musste, lässt sie noch immer innerlich flattern.

Konzentrier dich auf den Job, befiehlt sie sich stumm und marschiert unverdrossen weiter. *Der Nachbar schaut nach ihm. Und Nero ist auch noch da.*

Das traditionelle Haus mit den beiden Linden vor der Tür kommt in ihr Blickfeld. Sie hält inne und holt tief Luft. Sie darf diese Vernehmung jetzt nicht vergeigen. Drei Menschen sind spurlos verschwunden. Das ist keine Bagatelle. *Und vor allem keine gute Werbung fürs Tourismusgeschäft.*

Sie muss schmunzeln, als sie sich dabei ertappt, schon wie Heiner Eisler zu denken. Was hatte sie ihn am Anfang dafür verabscheut, bei jeder möglichen und unmöglichen Gelegenheit ständig mit dem Tourismus zu kommen. Mittlerweile wusste sie aber, dass ihr cholerischer Vorgesetzter damit nicht ganz falsch liegt. Der Tourismus ist für viele Menschen auf der Insel eine wichtige Einnahmequelle. Alternativen gibt es da kaum. Also gehört es auch zu den Aufgaben der Inselpolizei, geschäftliche Interessen zu schützen – was nicht heißen soll, Ermittlungen zu verschleppen oder sonstige krumme Sachen zu dulden. Es soll eben nur »mit der nötigen Sensibilität« vorgegangen werden, wie Eisler es immer gern formuliert.

Deshalb hat Frieda sich entschlossen, die Vernehmung der Servicekräfte im Lokal durchzuführen, statt in der Polizei-Zentralstation. Spricht sich schnell herum auf der Insel, wenn jemand dort einbestellt wird – was in der Tat keine gute Werbung fürs Restaurant wäre.

Außerdem setzt Frieda darauf, dass das Restaurantpersonal sich besser an eventuell bedeutsame Kleinigkeiten erinnern kann, wenn das Gespräch in der ihnen vertrauten Umgebung stattfindet.

Sie öffnet die Tür und tritt ein. Kühle umfängt sie. Am Ruhetag wird der Laden offensichtlich nicht beheizt. Zwei Männer blicken sie an. Sie sitzen auf einer hellbraunen Couch, die sich an der Wand neben dem großen Fenster befindet. Die Frauen, drei an der Zahl, sitzen an einem rechteckigen, nicht eingedeckten Tisch, unter dem zwei helle Holzkisten stehen. Zu Dekorationszwecken, nimmt Frieda an. Ihr Blick schweift durch den Saal. Die hellgrau gestrichenen Wände sind mit Wandstrahlern und dezenten Bildern bestückt. Sie erspäht ein altes Holzfass, auf dem Spirituosen stehen. In der Ecke daneben ist ein gusseiserner Ofen platziert. Dennoch: Ohne Gäste, Abendbeleuchtung und gedeckte Tische wirkt der große Speisesaal weniger nobel als vielmehr kalt.

Frieda hält ihren Ausweis hoch. »Lieken, Kripo … äh, Polizeistation Burg.«

»Guten Tag.« Einer der Männer, dunkelhaarig, graumelierter Bart, Brille und südländischer Teint, kommt ihr mit ausgestreckter Hand entgegen. Cesare Rossi, der Inhaber, wie Frieda richtig annimmt.

»Wir hatten telefoniert«, sagt er. »Setzen wir uns doch alle am besten hierhin.« Er deutet zum Tisch, an dem die drei Frauen bereits sitzen, und schiebt noch zwei weitere Stühle heran.

Frieda nimmt Platz und nickt allen freundlich zu, erntet teils neugierige, teils verhaltene Blicke. Sie zückt einen Block und nimmt zunächst die Personalien auf. »Okay«, sagt sie dann und zieht ihren Zopf straff. Sie schaut ihre Gesprächspartner aufmerksam an, die wie sie selbst in ihren Jacken am Tisch sitzen. *Nervös wirkt keiner von denen*, denkt sie sich. *Eher verwundert.*

Sie faltet die Hände, legt sie auf den Tisch und neigt sich vor. »Also. Wie Sie alle wohl bereits wissen, sind drei Menschen verschwunden, deren letzter bekannter Aufenthaltsort dieser hier ist.« Sie gestikuliert einen Halbkreis mit ihrer linken Hand.

»Ja, aber wir wissen doch gar nicht, wen wir an diesem Abend alles bedient haben«, wirft eine junge Frau mit kurzem, pechschwarzem Haar und einem Piercing in der linken Augenbraue ein. »Es war brechend voll! Wir hatten drei Weihnachtsfeiern und dann auch noch dieses Klassentreffen …«

»Und für genau das interessiere ich mich«, fällt Frieda ihr ins Wort. »Laut den Aussagen der Lebens-

beziehungsweise Ehepartner haben die Vermissten alle drei daran teilgenommen. Sie sind Frau …?«

»Decker. Olivia Decker.«

»Gut, Frau Decker.« Frieda nickt der jungen Frau in der weißen Steppjacke freundlich zu und blickt dann in die Runde. »Wer von Ihnen hat die Herrschaften aus dem Kreis des Klassentreffens bedient?«

Olivia Decker hebt die Hand, die schwarz ausgemalten Brauen angehoben.

»Na, aber wir anderen haben natürlich auch immer mal geschaut, wenn wir gesehen haben, dass Livi schwimmt«, meldet sich eine ältere Frau mit granatrot gefärbtem Haar und dickem Makeup zu Wort. »Es waren zwar nicht viele Leute da draußen …«

»Wir haben sie auf die Terrasse gesetzt«, redet Cesare Rossi dazwischen. »Dort gibt es Heizstrahler, gemütliche Korbsessel und Decken. Das war den Herrschaften auf Anhieb sympathisch, denn dort konnten sie unter sich sein.«

»Wie viele Personen haben an dem Treffen teilgenommen?«, will Frieda von ihm wissen und zückt erneut ihren Notizblock.

»Zwölf«, antwortet Olivia Decker. »Zwei davon mit umständlichen Extrawünschen und einer mit großem Durst.«

Die anderen am Tisch grinsen.

»Gut, und wer von Ihnen, außer Frau Decker, hat nach diesen Gästen geschaut?« Friedas Blick ruht auf der Frau mit den granatroten Haaren.

»Ich war vielleicht dreimal draußen«, antwortet diese, die Arme vor der Brust verschränkt.

»Ich haben die Salatteller geräumt«, ruft der junge Mann, der auf dem Stuhl neben Cesare Rossi sitzt. Frieda registriert nicht nur das gebrochene Deutsch, sondern auch den starken italienischen Akzent.

»Das ist Fredo, mein Neffe«, erklärt Rossi und legt freundschaftlich den Arm um die Schultern des schlaksigen Burschen mit dem dunklen Lockenschopf. »Er ist zu Gast bei uns und hat am Samstag ausgeholfen.«

Frieda wendet sich Fredo zu. »Und Sie waren den ganzen Abend zugegen?«

»Bis zum Schluss«, antwortet Rossi für ihn. »Ist ein guter Junge. Er hat noch mit aufgeräumt und saubergemacht in der Nacht.« Er bedenkt seinen Neffen mit einem liebevollen Blick.

Frieda reibt sich mit zwei Fingern die Augen. *Das bringt nichts. Nur, weil dieses Klassentreffen in diesem Restaurant stattfand, muss das Personal nicht automatisch etwas mit dem Verschwinden der drei Personen zu tun haben. Es gilt die Unschuldsvermutung bis zum Beweis des Gegenteils* … Sie atmet hörbar aus. »Kommen wir zu diesem Weihnachtsengel.« Sie blickt reihum, die hellen Brauen nach oben gewölbt und wendet sich dann an Rossi. »Sie haben diese Frau …« Sie bricht ab und lehnt sich zurück. »Dass es eine Frau war, ist unstrittig? Immerhin war die Person verkleidet.«

Alle sehen sich an. Zwei zucken die Achseln. »So gesehen …«, murmelt die Rothaarige, spricht jedoch nicht weiter.

Na, toll! Geschlechtsangabe ungenau, notiert Frieda und atmet abermals laut aus. »Sicher ist aber, dass diese Person nicht von Ihnen gebucht wurde, ist das richtig?« Sie sieht Rossi an.

Der nickt.

»Und Sie alle haben nicht die leiseste Ahnung, wer sich unter dieser Verkleidung verborgen haben könnte?«

Allgemeines Kopfschütteln und ratlose Blicke.

Frieda wirft die Hände hoch. »Ja, aber wieso haben Sie diese fremde Person dann überhaupt reingelassen?«

»Na, warum denn nicht?«, schnappt die Rothaarige. »Es ist Vorweihnachtszeit, schon vergessen, Frau Kommissarin?« Ihre mit schwarzem Kajal umrandeten, blaugrauen Augen blitzen. »Da lungern überall Weihnachtsmänner herum, vor den Läden, in den Lokalen, was weiß ich! Weshalb soll uns bei Hochbetrieb und an einem Adventssamstag dann ein Weihnachtsengel sauer aufstoßen, können Sie mir das mal verraten?«

Ruhig bleiben, Frieda! Sie blickt die zornige Frau offen an, ist es gewohnt, aufgrund ihres jungen Alters bei solchen Befragungen viel eher harsch angegangen zu werden als einer der männlichen Kollegen. »Ich stelle nur Fragen, Frau …«

»Peter! Imke Peter«, pampt die Rothaarige sie an.

»Frau Peter, gut.« Frieda gibt sich betont gelassen. »Ich verstehe die Situation nun, es war voll, Gäste riefen durcheinander, Sie hatten alle Hände voll zu tun. Da hat niemand Zeit, sich für einen Weihnachtsengel zu interessieren, gut.« *Nein, gar nicht gut!* Sie reibt sich die Stirn und schnauft. »Nun, dann berichten Sie mir jetzt bitte so präzise wie möglich, was sich im Zusammenhang mit diesem Weihnachtsengel«, sie hebt die Finger, gestikuliert Gänsefüßchen, »abgespielt hat.«

»Einer nach dem anderen bitte«, fügt sie hinzu, als Olivia Decker und Imke Peter gleichzeitig zu reden anfangen.

»Dann mach du zuerst, Livi«, sagt Frau Peter und legt der Kollegin die Hand auf die Schulter.

Die wendet sich an Frieda. »Die Frau kam rein – also, ich glaub schon, dass es eine Frau war«, sagt sie, an die anderen gewandt.

»Das tut jetzt erst mal nichts zur Sache«, lenkt Frieda die Aufmerksamkeit wieder auf sich. »Die Frau kam rein. Und dann?«

»Na, ich habe sie angesprochen, was sonst?«, antwortet Olivia Decker und klappt ihre Hände auseinander. »Wollte wissen, ob ich ihr helfen kann.«

»Wie klang denn die Stimme?«, will Imke Peter wissen. »Hast du da nicht erkennen können, ob es tatsächlich eine Frau war?«

»Hm.« Olivia Decker schaut auf den Tisch.

Frieda spürt, wie es in ihr kocht. Sie schafft es aber trotzdem, mit fast schon zuckersüßer Stimme ihren nächsten Satz hervorzubringen. »Konzentrieren wir uns jetzt bitte nur darauf, was Sie beobachten konnten, Frau Decker. Alles andere ist erst mal nachrangig.« Sie blickt der Gesprächspartnerin fest in die Augen. »Sie haben die Person angesprochen. Wie ging es weiter?«

Olivia Decker verzieht die mit einem blassrosa Gloss geschminkten Lippen. »Sie hat gesagt, dass sie zu dem Klassentreffen will. Daraufhin habe ich sie auf die Terrasse geschickt.«

»Die sie auch umgehend aufgesucht hat?«

»Keine Ahnung.« Olivia Decker kratzt sich seitlich am Kopf. »Ich war damit beschäftigt, Getränke an einen Tisch zu bringen und danach die nächsten Bestellungen aufzunehmen.«

»Verstehe.« Frieda tut so, als schriebe sie etwas auf, kritzelt in Wahrheit aber nur sinnlos auf dem Papier herum. »Und weiter?«, fragt sie in die Runde. »Wer hat den Weihnachtsengel dann noch gesehen?«

»Als ich mal kurz nach dem Rechten sah, weil Livi drinnen am Rotieren war, habe ich gesehen, wie die Frau – wenn es denn eine war – so komisch um die Tische herumtänzelte«, gibt Imke Peter zu Protokoll. »Sollte wohl eine Art Tanz sein. Hat mich nicht weiter gestört, wie gesagt.« Sie winkt ab. »In dem Moment bin ich außerdem davon ausgegangen, dass die Person zu denen gehört. Also, dass es jemand vom Klassentreffen war, der sie gebucht hat. Ist doch auch möglich, oder?« Sie schaut ihre Kollegen zustimmungsheischend an.

»Natürlich ist das möglich, und wir gehen dem selbstverständlich ebenfalls nach.« Frieda fällt es immer schwerer, das Feuer in ihrem Inneren zu löschen, das Imke Peter mit ihrer herablassenden Art ihr gegenüber immer wieder neu entfacht.

»Jedenfalls habe ich dann noch gesehen, wie die verkleidete Person mit drei der Leute vom Klassentreffen unser Restaurant verließ«, erklärt Olivia Decker von sich aus.

Frieda reckt den Hals in ihre Richtung. »Wissen Sie noch, um wie viel Uhr das war?«

»Auf jeden Fall noch vor Mitternacht. Halb zwölf, oder so. Schätze ich.«

Frieda notiert die Uhrzeit und fragt dabei: »Was draußen geschah, haben Sie jedoch nicht gesehen, richtig?«

»Richtig«, hört sie Olivia Decker erwartungsgemäß sagen und muss den Impuls unterdrücken, eine schiefe Grimasse zu schneiden. *Dieses Gespräch ist ja sowas von für die Füße.*

Sie zählt langsam und lautlos von drei runter auf null, blickt dann wieder auf und nimmt noch einmal einen nach dem anderen ins Visier. »Gibt es sonst noch etwas, das Ihnen aufgefallen ist? Hat dieser Engel vielleicht irgendwas verloren? Ein Utensil beispielsweise, das zur Verkleidung gehören könnte? Ein Schmuckstück? Eine Schachtel Zigaretten? Haben Sie an dem Abend irgendwas in der Art gefunden?«

Alle sehen sich lange an und schütteln dann die Köpfe.

»Nun gut.« Frieda macht Anstalten sich zu erheben, lässt den Notizblock in ihre Jackentasche gleiten. »Ich lasse Ihnen meine Karte da. Falls Ihnen noch etwas einfällt ...«

»Die Fläschchen!«, ruft Imke Peter aus.

»Was für Fläschchen?«, will Cesare Rossi wissen.

»Na, die Schnapsfläschchen auf den Tischen draußen! Die waren nicht von uns, das weiß ich genau!«

6

IN DIESER NACHT IN DER VILLA KÜSTENWIND

»Mama, sag, hab ich ein Affengesicht?«

»Aber nein, mein Schatz! Wie kommst du bloß darauf?«

»Na, weil die das immer rufen, wenn sie mich sehen.«

»Wer ruft das? Das ist doch Unsinn. Hier, schau.«

Eine Hand nähert sich ihr. Eine Hand, die einen Spiegel hält.

Sie blickt scheu hinein – und zuckt schreiend zurück, als sie einen breit grinsenden Schimpansen sieht.

Mit einem Ruck setzt sie sich auf, schweißnass im Gesicht. Sie reibt sich die Augen, muss sich erst orientieren. Sie stellt fest, dass sie auf einem Bett liegt. Es steht in dem winzigen Schlafzimmer des Häuschens. Sie schaut sich um. Alles ist dunkel, kein Licht brennt.

Die Kommode mit den klemmenden Schubladen sieht aus wie ein dunkler, an der Wand lauernder Schatten.

Sie muss tatsächlich kurz eingeschlafen sein.

Die Rahmen des kleinen Fensters im Raum klappern. Der Wind rüttelt an ihnen. Sie lauscht angespannt, findet es unheimlich.

Sie greift zu der Wasserflasche, die sie neben dem Bett abgestellt hatte. Sie trinkt gierig. In all dem Aufruhr hat sie es in den letzten Tagen gleich mehrfach versäumt, ihren Körper regelmäßig mit Nahrung zu versorgen. Ihr Magen rumpelt. Doch ihr ist nicht nach Essen. Die Vergangenheit, in die sie ihr kurzer Traum zurückkatapultiert hat, wabert noch immer durch ihr Bewusstsein wie zäher Nebel.

Sie sieht sich als Dreizehnjährige. Wie sie schluchzend vor dem Klassenzimmer hockt. Die Tür ist zu. Aus dem Raum dringt kein Laut. Basti steht breitbeinig vor dieser Tür, die Arme verschränkt. Er blickt hämisch auf sie herab. »Denk gar nicht erst daran, Missgeburt«, zischt er ihr entgegen. »Du kommst hier nicht rein. Also los, hau endlich ab! Sonst setzt's was, das schwör ich dir!« Mit tränenverhangenem Blick schaut sie zu dem damals schlaksigen, aber schon sehr großen Jungen auf. Seine giftgrünen Augen glitzern gefährlich. Wie bei einem Raubtier. Sie krabbelt auf allen Vieren weg von ihm, richtet sich erst auf, als sie außerhalb seines Sichtfeldes gekrochen ist. Niemand ist da, um ihr zu helfen. Es ist mitten zur Unterrichtszeit. Da sind die Korridore meistens leer. Sie kauert sich auf der Flurtreppe zusammen und weint. Weil sie nun die Mathearbeit versäumt, für die sie so lange gebüffelt hat.

Für ihre unentschuldigte Abwesenheit kassierte sie damals eine Sechs. Niemand glaubte ihr, als sie beteuerte, dass es ihr auf einmal so schlecht gewesen sei. Selbst ihre Mutter, die sonst immer zu ihr gehalten hatte, war skeptisch gewesen. Wie gerne hätte sie sich ihr anvertraut, hätte ihr am liebstem in aller Ausführlichkeit von diesen entsetzlichen Dingen erzählt, die ihr angetan wurden. Doch das ging nicht. Denn dann wäre noch etwas viel Furchtbareres passiert.

»Wenn deine Alten in der Schule aufkreuzen und uns anschwärzen, töten wir dich! Ganz langsam und qualvoll«, versprach Basti ihr, als er ihr nach diesem Vorfall mit Flo und Kirsten im Schlepptau auf dem Heimweg auflauerte. Da war etwas in seinem Blick – etwas Kaltes, Eisiges – sodass sie keine Sekunde daran zweifelte, dass er das nicht nur so dahingesagt hatte.

Er bekam damals ebenfalls eine Sechs. Doch ihn hatte das nicht gejuckt. Seine Noten waren ihm gleichgültig. Hauptsache, er galt bei den anderen als cool.

Ein Poltern holt sie in die Gegenwart zurück. Es kommt nebenan aus dem Wohnzimmer. Sie steht auf, zieht ihren cremefarbenen Rollkragenpullover zurecht, den sie seit Samstag trägt. Sie atmet einige Male tief durch. Dann strafft sie sich und betritt den Raum, sieht, wie Kirsten mit ihren gefesselten Füßen wieder und wieder auf den Boden hämmert.

Was ist denn jetzt schon wieder, denkt sie genervt und schaut auf ihre Armbanduhr. Sie hat die blöde Kuh doch erst vor einer Stunde zur Toilette geführt. Kann doch nicht sein, dass die schon wieder muss – bei dem bisschen Wasser, das sie ihren Gefangenen zum Trinken gibt. Sie bewegt sich auf Kirsten zu, macht Anstalten, sie auf die Beine zu hieven. Doch die wehrt sich. Verbissen. Gefesselt wie sie ist, windet sie ihren ausgemergelten Körper mit aller, ihr noch verbliebenen Kraft.

Sie lässt von Kirsten ab. *Dann eben nicht.* Sie setzt sich aufs Sofa. Ein fieses Lächeln umspielt ihre Lippen. *Schade.* Die entwürdigende Prozedur, die ihre Gefangenen bei der Notdurft über sich ergehen lassen müssen, gefällt ihr. *Immerhin ein Anfang in Richtung Kompensation für damals.* Sie lässt sowohl Kirsten als auch Basti mit den Fesseln an Händen und Füßen zur Toilette hüpfen. Dort angekommen, zieht sie ihnen die Hosen runter und schaut zu, wie sie sich erleichtern. Was besonders Kirsten sehr zusetzt. Die Scham spiegelt sich deutlich in ihrem Blick. Basti tut so, als wäre es ihm egal, wenn sie mit abschätzigem Blick auf sein Gemächt schielt.

Sagen können beide nichts, da sie die Klebebänder nur dann von ihren Mündern reißt, wenn sie sie füttern will.

Beim letzten Mal hat Basti das alte Brot erst angekaut und ihr dann vor die Füße gespuckt. *Gut*, hatte sie vollkommen emotionslos bei sich gedacht. *Dann lässt er eben eine Mahlzeit aus.*

Sie schaut zu ihm. Er liegt links auf dem Boden, wie ein unnützes Päckchen vor das alte Regal gekracht. Im Moment muckst er sich nicht, rührt sich nicht. Seine jetzt eher schlammgrün wirkenden Augen sind aber offen.

Kirstens Gegrunze hinter dem Klebeband lenkt ihre Aufmerksamkeit von ihm weg. Die blöde Kuh wagt es tatsächlich, ihr wütende Blicke zuzuwerfen! Sie springt mit einem Satz zu ihr und beugt sich drohend über sie. »Was willst du?«, fragt sie grollend, wohlwissend, dass Kirsten nicht antworten kann. »Ist dir etwa zu kalt in deinem albernen Wollkleidchen und den dünnen Strumpfhöschen? Na gut, ich hol deine Jacke.« Sie richtet sich auf, woraufhin Kirsten noch lautere Töne von sich gibt und ihren Kopf hin und her wirft. Mit ihren gefesselten Füßen deutet sie in Flos Richtung.

Der liegt wie ein alter Kater vor dem Ofen. Sie hatte einige kleine Holzscheide aus dem Schuppen geholt, ein kleines Feuerchen entfacht, und Flo dann nah heran gezerrt – nachdem sie festgestellt hatte, wie ausgekühlt er bereits war. Dass er nicht mehr atmete, blendete sie erfolgreich aus.

Seither ist es leidlich warm in dem Räumchen.

Sie merkt, dass sie schwitzt und streift die Ärmel ihres Pullovers zurück. Dann wendet sie sich erneut Kirsten zu, die sich immer noch wie tollwütig gebärdet. Zumindest sieht es für sie so aus.

Ein Brummen lenkt ihre Aufmerksamkeit auf Basti. Als sie ihn ansieht, brummt er erneut. Tief und ruhig. Die glasigen Augen hält er starr auf sie gerichtet. *Anscheinend will er mir was sagen*, sinniert sie vor sich hin, ohne sich auch nur einen Millimeter zu rühren. *Fragt sich jetzt nur noch, ob ich es auch hören will.*

Die Neugier siegt. Sie stampft mit zwei Ausfallschritten auf ihn zu und reißt ihm das Klebeband runter. Basti schreit schmerzhaft auf. In ihren Augen blitzt es. Sie sieht in sein gequältes Gesicht und empfindet nichts als Genugtuung. »Also, was gibt's?«, fragt sie ihn so herablassend wie möglich.

Er schluckt einige Male hart, bevor er krächzend ansetzt: »Merkst du nicht, dass Flo sich gar nicht mehr bewegt?«

Sie blickt in dessen Richtung, nimmt die schrillen Töne nicht wahr, die Kirsten ausstößt.

Muss der denn nie aufs Klo?, fragt sie sich, als Bastis brüchige Stimme erneut an ihr Ohr dringt.

»Er ist tot. Das ist Fakt. Aber noch ist nichts verloren. Wenn du mitspielst, lassen wir es wie einen Unfall aussehen.«

Kirsten quiekt.

Sie stiert Basti an. *Was faselt der da?*

»Lass uns gehen«, redet er weiter auf sie ein und taxiert sie beschwörend. »Ich garantiere dir, dass nichts von dem, was hier geschehen ist, an die Öffentlichkeit geht.«

Kirsten quiekt lauter.

»Wir helfen dir bei der Beseitigung der Spuren und verschaffen dir ein Alibi.«

Kirsten stößt schrille Laute aus.

Basti schickt einen warnenden Blick in deren Richtung.

Für sie das Kommando, sich wieder Kirsten zuzuwenden.

»Was tobst du so herum?«, herrscht sie sie an und beugt sich zu ihr hinab, sodass ihre krausen Haarsträhnen Kirstens Wangen berühren. Sie sieht das Flackern in den fiebrig glänzenden Augen ihrer Gefangenen und labt sich daran. *Meine Angst von damals gegen deine Angst heute. Ein guter Deal.*

Kirsten wimmert.

Ihr platzt der Kragen.

Sie reißt das Klebeband ebenfalls mit einem Ruck herunter.

Kirsten jault auf.

»Bitte lass sie in Ruhe«, hört sie Basti mit einem sehr merkwürdigen Unterton sagen. Sie fährt zu ihm herum, studiert seine Mimik. Er strahlt Mattheit aus. *Und Demut? Hm …*

Sie kratzt sich an ihrem leicht vorstehenden Kinn und tritt näher an ihn heran, fixiert seinen Blick. Angst kann sie keine erkennen. So sehr sie sich auch müht.

»Du kannst Flo nicht einfach hier liegenlassen. Das ist dir doch auch klar, oder?«, hört sie ihn mit diesem merkwürdigen Unterton in der Stimme fortfahren.

Will er sie etwa belehren? Er? Der Hauptschuldige an der ganzen Misere?

Ihre Augen werden zu Schlitzen. Mit einem Satz hechtet sie zu Flo hin. Rüttelt an dem leblosen Körper. Tritt ihm mehrfach in die Seite.

»Hör auf, du Bestie!«, kreischt Kirsten so laut, dass ihre Stimme bricht.

»Du bist jetzt still!«, brüllt Basti sie an. »Merkst du nicht, dass du alles nur noch schlimmer machst?«

»Wie soll das denn gehen, hä?«, schreit Kirsten, der Hysterie nahe. »Die ist doch total irre! Die bringt uns sowieso alle um!«

»Überlass mir das Reden«, hört sie Basti mit noch immer sehr lauter Stimme erwidern, während bei ihr langsam, aber stetig die Erkenntnis reift, dass Flo tatsächlich tot ist.

Das Schicksal rächt sich an allen, die ihm seine Rache abnehmen wollen.

(Andreas Tenzer, deutscher Philosoph und Pädagoge)

7

AM NÄCHSTEN TAG (Dienstag), POLIZEI-ZENTRALSTATION BURG

»Mach dir keine Sorgen, ich bin wieder gut daheim, Engelchen!«

Die Erleichterung durchfließt Frieda wie ein warmer Strom, als sie Oma Liekens Stimme aus dem Telefonapparat hört. Der Nachbar hatte sie am Morgen aus dem Krankenhaus abgeholt und ihr bei den Formalitäten geholfen, damit Frieda pünktlich ihren Dienst antreten konnte.

»Na, da ist der Opa bestimmt sehr froh. Und ich auch. Ehrlich!«, erwidert sie glücklich. Nach einigen weiteren, belanglosen Sätzen beendet sie das Gespräch und legt den Hörer zurück in die Gabel, gedanklich bei den Fläschchen, die sie am gestrigen Tag sichergestellt hatte. Sie musste sie aus einer der Kisten fischen, in denen das Restaurant-Personal das Altglas zwischenlagert, bevor es jemand zum Sammelcontainer bringt.

Es handelt sich um Schnapsfläschchen der Marke »Freche Möwe«. Das ist eine inseleigene Produktion, hatte sie von Klaus erfahren. »Der Hersteller vertreibt die aber nicht kommerziell, soweit ich weiß. Es ist sein Hobby«, erklärte Klaus weiter, nachdem sie vergeblich nach einem Barcode auf den Fläschchen gesucht hatte.

»Gibt's in zwei Varianten, das Gesöff«, sagte Klaus dann noch. »Die eine Sorte ist ein Klarer. Das andere wird mit Erdbeeraroma gepanscht. Schmeckt fürchterlich!« Das Mienenspiel des Kollegen unterstrich dieses Empfinden deutlich. Klaus hatte ausgesehen, als hätte er soeben in ein Fischbrötchen mit Kirschmarmelade gebissen.

Wo es diese Fläschchen gibt, hatte Klaus nicht gewusst. »Na, jedenfalls nicht im Supermarkt. Sonst wären ja Barcodes drauf«, war ihm dann noch scharfsinnig dazu eingefallen. »Ich sehe mal zu, dass ich den ollen Helmut ans Telefon kriege. Dann frag ich ihn mal, wo er sein Gesöff verteilt.«

»Mach das bitte, es ist sehr wichtig!«, hatte Frieda ihm eingeschärft, die Fläschchen eingepackt und noch am gleichen Tag zur Analyse ins Kieler Labor geschickt. Wäre doch möglich, dass die Kollegen dort etwas finden, was ihr weiterhelfen könnte. DNS-Spuren zum Beispiel, die zu einem bereits registrierten Straftäter führen. *Aber das wäre wie ein Sechser im Lotto.*

Den restlichen Montagnachmittag hatte sie damit zugebracht, die Teilnehmer dieses Klassentreffens abzutelefonieren. Was wenig erfolgreich verlief.

Im Restaurant *Doppeleiche* war nur der Name und die Telefonnummer der Person notiert gewesen, die die Reservierung vorgenommen hatte.

Eine Charlotte Zauner.

Von ihr erfuhr Frieda, dass die meisten der zwölf Klassentreffen-Teilnehmer gleich am nächsten Tag, also am Sonntag, wieder abgereist sind. Nicht mal ein gemeinsames Frühstück wäre noch möglich gewesen, da viele lieber sofort in Richtung Heimat los düsen wollten.

Das schien Charlotte Zauner aber nicht weiter irritiert zu haben.

Warum, merkte Frieda rund eine Stunde nach dem Telefonat – als sie in Stendebachs Hotel, das Größte am Platze, eintraf, um mit den dort noch verweilenden Klassentreffen-Teilnehmern zu sprechen: Charlotte Zauner, Marlies Brecht und Alexander Hoffmann.

Die drei erwarteten Frieda in der Hotel-Lobby, saßen in den gemütlichen Ohrensesseln, die in der Nähe des großen, offenen Kamins standen. Eine kleine, dicke Frau in engen Jeans, einer weiten Bluse und mit rotbraun gefärbten Locken sprang auf, als Frieda mit gezücktem Dienstausweis auf die kleine Gruppe zutrat.

»Hallo, ich bin Charlotte Zauner!«, rief die Frau überschwänglich, angelte sich Friedas rechte Hand und drückte sie kräftig. »Das ist Marlies Brecht und hier«, sie deutete zu dem Mann mit der sonnengebräunten Gesichtshaut, »sitzt unser Alex aus Australien. Er ist extra für uns ein paar Tage früher als ursprünglich geplant angereist. Toll, nicht?« Sie strahlte ihn an. Marlies Brecht rollte die Augen.

»Alexander Hoffmann«, stellte der Gelobte sich vor, ohne aufzustehen.

Danach konnte Frieda eine weitere Stunde lang beobachten, wie Charlotte Zauner »Alex aus Australien« anschmachtete und dabei noch Folgendes in Erfahrung bringen:

Marlies Brecht und die vermisste Kirsten Schang, früher die dicksten Freundinnen, hatten spontan beschlossen, ihren Aufenthalt auf Fehmarn auf eine Woche auszudehnen. Beide waren ungebunden, Kirsten frisch geschieden und Marlies nie verheiratet, selbstständige Werbetexterin. Sie war zunächst erstaunt gewesen, als Kirsten am anderen Tag nicht zum Frühstück erschien und auch nicht reagierte, als sie mehrfach an deren Zimmertür klopfte. »Vielleicht macht sie einen Strandspaziergang«, hatte sie sich gesagt. »Oder sie schläft sich mal richtig aus.«

So gab sie es Frieda mit leiser Stimme zu Protokoll. Die Scheidung sei nicht einfach verlaufen und stecke Kirsten noch immer in den Knochen. Das habe Marlies aus den Gesprächen geschlossen, die sie im Laufe des Klassentreffens mit der »sehr trübsinnig aus der Wäsche schauenden« Kirsten geführt habe.

Als Kirsten dann gegen Sonntagabend noch immer nicht auffindbar war und Marlies sie auch telefonisch nicht erreichen konnte, verlegte diese sich erst einmal aufs Schmollen. Sie sei beleidigt gewesen, dass die frühere Freundin es sich offenbar anders überlegt hätte und ohne Abschied »einfach so abgereist ist.«

»Hatten Sie an der Rezeption nachgefragt, ob sie ausgecheckt hat?«, wollte Frieda daraufhin wissen.

»Äh …«

»Und haben Sie sich nicht gefragt, aus welchem Grund Kirsten ohne ein Wort einfach so hätte verschwinden sollen?«, schoss Frieda ihre nächste Frage hinterher.

Manchmal muss sie schwer an sich halten, wenn sie mal wieder mit der Gedankenlosigkeit und gleichzeitigen Ich-Bezogenheit ihrer Mitmenschen konfrontiert wird.

Marlies atmete zittrig ein, wirkte noch kleinlauter als bisher. »Wissen Sie, die Kirsten war schon ziemlich schlecht drauf. Ursprünglich hatte sie gar nicht kommen wollen. Ich musste regelrecht betteln, habe gesagt, dass sie so doch wenigstens kurzzeitig auf andere Gedanken käme. Aber dann hat sie die meiste Zeit über doch nur in ihrem Korbsessel gehockt und vor sich hingestarrt. Es hat mich dann auch nicht weiter gewundert, dass sie das Treffen so früh wieder verlassen hat.«

»Wann war das genau?«, hakte Frieda an der Stelle nach.

Marlies schürzte die Lippen, sodass sich die Haut um ihre Mundpartie in viele kleine Falten legte. »Keine Ahnung, ehrlich, ich habe nicht auf die Uhr geschaut. Auf einmal war sie jedenfalls weg.«

»Na, weil sie zusammen mit Flo und Basti abgerauscht ist«, ließ sich Charlotte Zauner aufgekratzt vernehmen. Die Gegenwart von Alex aus Australien schien wie hochdosierte Glückspillen auf sie zu wirken. »Basti war hundemüde und Flo sterngranatenvoll«, ergänzte sie in Friedas Richtung.

»Das haben Sie gesehen? Dass alle drei gleichzeitig gegangen sind, meine ich?«, vergewisserte sich Frieda.

Charlotte nickte eifrig, während Alex aus Australien gähnte. »Da war dieser Weihnachtsengel. Also eine Frau, die sich als solcher verkleidet hat«, präzisierte sie.

»Sind Sie da sicher? Dass es eine Frau war?« Frieda blickte Charlotte Zauner gespannt an.

Die stutzte. »Ja, wenn Sie mich so fragen …«

Frieda seufzte innerlich. Alex aus Australien gähnte erneut, schien jeden Moment einzuschlafen, rutschte immer tiefer in seinem Ohrensessel, der unmittelbar vor dem heimeligen Kaminfeuerchen stand.

»Jedenfalls hat diese Person angeboten, Basti und Flo ins Hotel zu fahren.« Charlotte Zauner nickte eifrig. »Das habe ich genau mitbekommen. Ich rief ihnen noch hinterher, wie schade ich's fand, dass sie schon gehen.« Frieda registrierte einen tieftraurigen Blick. »Und Kirsten hat sich dann einfach drangehängt.«

»Gefolgt ist ihnen aber keiner von Ihnen?«, fragte Frieda und sah alle drei aufmerksam an.

»Nein, warum auch? Wir waren uns doch gut am Unterhalten«, erwiderte Alex, dessen Lebensgeister aus unbekanntem Grund wieder zurückkehrten.

»Genau«, bekräftigte Charlotte.

»Also, ich mache mir jetzt wirklich Vorwürfe«, nuschelte Marlies vor sich hin, den Blick auf ihre knochigen Hände gerichtet, die gefaltet in ihrem Schoss lagen.

»Aber wieso denn?« Charlotte neigte sich vor und legte ihr die mit zahlreichen Ringen geschmückte Hand aufs Knie. »Es ist doch nicht deine Schuld, Liebelein.« Charlotte stammt aus Köln. An Frieda gewandt fuhr sie fort: »Wir alle haben uns gar nichts dabei gedacht, als dieser Weihnachtsengel auftauchte. Ist doch normal im Advent.« Sie hob die Schultern. »Da schwirren überall Weihnachtsmänner und Engel herum und verteilen irgendwas. Wir haben diese Fläschchen bekommen, in denen leckerer Weihnachtspunsch war. Selbst gemacht, nehme ich an.«

»Es sah für uns jedenfalls so aus, als gehöre dieser Engel zum Haus«, warf Alex ein, als Charlotte kurz Luft holte. »Und ein Auto hatte der wohl auch, dieser Engel«, fügte er hinzu, setzte sich gerade hin und schlug die Beine übereinander.

»Stimmt«, schaltete sich Charlotte wieder ein. »Wollte sich mit der Fahrt zum Hotel vielleicht ein paar Extra-Euronen verdienen, was meint ihr?« Sie schaute erst Alex und dann Marlies fragend an.

»Ein Weihnachtsengel, der Punsch verteilt – und dann auch noch Taxi spielt?«, rief Frieda, die hellen Brauen nach oben gewölbt.

»Warum nicht? Nennt sich Hilfsbereitschaft«, gab Alex lässig zurück.

Nein, das war keine Hilfsbereitschaft, es war Entführung, widersprach Frieda stumm und verabschiedete sich dann, sah keinen Sinn darin, noch länger mit den Dreien zu plaudern.

Keiner von ihnen hatte diesem Weihnachtsengel besondere Aufmerksamkeit geschenkt. Ebenso wenig wussten sie etwas über das Fahrzeug, das diese Person nutzte.

Ich stehe nach wie vor bei null-komma-nichts!

Frieda reibt sich die müden Augen. Der gestrige Tag war hart gewesen, fordert seinen Tribut. Und der heutige fing auch nicht besser an.

Nachdem Klaus den Hersteller der Fläschchen bisher nicht erreichen konnte, versuchte er es am frühen Morgen gleich wieder. Doch das Telefon klingelte sich abermals tot bei den alten Herrschaften. Frieda schlug daraufhin vor, dass er zu ihnen rausfährt und mal schaut, was da los ist. Doch ein Verkehrsunfall auf der Küstenstraße durchkreuzte den Plan. Ein LKW lag quer. Wie es dazu kommen konnte – und weshalb der Fahrer den 7.5 Tonner überhaupt auf das Sträßchen lenkte – das gilt es nun zu klären.

Kurz darauf, es war noch keine acht Uhr, meldete sich nicht nur die Gattin von Bastian Kohl erneut, weil ihr Mann nach wie vor nicht zu erreichen sei, sondern außerdem Florian Brandts Ehefrau. Beide machten Druck, wollten wissen, was mit ihren Männern passiert ist. Frieda beruhigte die Frauen so gut als möglich und versprach, sich persönlich zu melden, sobald es etwas Neues zu berichten gäbe.

Sie seufzt tief, aktiviert den Computer auf ihrem Schreibtisch und checkt den Nachrichteneingang. Noch keine Meldung aus dem Kieler Labor. *Natürlich nicht. Ich habe die Fläschchen ja erst gestern Nachmittag hingeschickt. Wer weiß, ob die überhaupt schon an der richtigen Stelle angekommen sind.*

Sie schließt für einen Moment die Augen, ihren Kopf in beide Hände gestützt. Ohne Kontakt zum Hersteller der Fläschchen und ohne Laborergebnisse, die ihr hoffentlich einen Anhaltspunkt liefern werden, ist sie handlungsunfähig. Es gibt niemanden mehr, den sie jetzt noch zur Tatnacht befragen kann.

8

AM SPÄTEN ABEND
IN DER VILLA KÜSTENWIND

Sie betrachtet ihr Werk und lächelt zufrieden. Von der weißen Theaterschminke ist kaum noch etwas übrig. Die alte Ketchup-Flasche, die sie in dem Küchenschränkchen neben der Spüle gefunden hat, ist nun zur Hälfte leer.

Kirsten liegt zu ihren Füßen.

Gefesselt.

Und leichenblass.

Die Theaterschminke prangt dick auf Kirstens Wangen und Hals. Dazu überall rote Schlieren, die wie Wunden aussehen. *Dem Ketchup sei Dank.*

Das schwarze Klebeband verschießt nach wie vor den Mund ihrer Gefangenen. Die weit aufgerissenen

Augen sind ebenfalls mit Ketchup und kalter Asche umrandet.

Sieht echt gruselig aus, freut sie sich diebisch. Sie flitzt zur Garderobe, fischt ihr Handy aus der Tasche ihres Steppmantels und aktiviert die Fotofunktion. Sie kehrt zu Kirsten zurück und knipst drauflos. Macht Bilder von allen Seiten und in Großaufnahme.

Kirsten gibt keinen Laut von sich.

Sie genießt die angststarren Blicke ihrer Gefangenen. *Gut so! Jetzt siehst du mal, wie das ist, wenn man wehrlos ist! Und alles mit sich machen lassen muss!*

Sie schaut Basti triumphierend an. Der senkt die Lider und deutet ein Kopfschütteln an. Eine Woge des Zorns wallt in ihr auf. *Eine echt harte Nuss, dieser Kerl! Na warte, um dich kümmere ich mich später!*

Sie blickt auf ihre Armbanduhr.

Inzwischen ist es ein Uhr in der Nacht.

Ok, es kann losgehen. Sie starrt entschlossen nach oben an die holzverkleidete Decke und eilt dann zurück zur Garderobe. Sie schlüpft in ihren Steppmantel, schließt ihn bis oben hin. Sie reißt die Tür auf. Sofort strömt feuchtkalte Luft herein. Sie tritt nach draußen und macht die Tür schnell wieder zu. Der Wind bläst ihr Haar wild durcheinander. Sie zieht die viel zu kleine Kapuze auf. Ihre Stirn und der Haaransatz bleiben frei. Aber immerhin sind ihre Ohren halbwegs geschützt.

Dass Flo tot ist, hat sie inzwischen begriffen – und sich damit abgefunden. Seine Leiche hat sie bereits nach draußen geschafft. Sie liegt zwischen den Büschen neben der Hauswand.

Sie geht hin, schnappt sich die Füße und zerrt den Leichnam mit sich, bewegt sich rückwärts in Richtung Strand. Sie bleibt einige Male stehen und schaut sich gründlich um. Die Nacht ist dunkel und kalt. Der Mond ist kaum zu sehen. Er klebt wie eine halbrunde milchige Masse hinter einem löchrigen Wolkenband. Vereinzelt leuchten Sterne.

Erwartungsgemäß treibt sich keine Menschenseele um diese Uhrzeit und bei der Witterung draußen herum. Nicht einmal Möwengeschrei ist zu hören. Nur der Wind pfeift. Und die Wellen rauschen, klingen wie das Schnauben schlechtgelaunter Seeungeheuer.

Sie zieht ihre Fracht durch den Sand. Meter für Meter. Gerät ins Schwitzen trotz der frostigen Temperaturen.

Auf Höhe des Schwimmbads bleibt sie stehen. Sie lässt die Füße des Leichnams fallen, richtet sich gerade auf und sieht sich erneut ausgiebig um. Das *FehMare*, ein Schwimmbad mit Meeresblick, ist dämmerbeleuchtet. Es schließt um neunzehn Uhr, wie sie weiß.

Sie geht einige Meter weiter, schreitet das nähere Umfeld ab, vergewissert sich, dass sie auch wirklich allein ist. Wellnessurlauber gibt es in den Hochhäusern des IFA Ferienzentrums das ganze Jahr über, dessen ist sie sich bewusst. *Doch die machen bei dem Wetter keinen Nachtspaziergang am Strand, sondern sitzen an der Hotelbar oder liegen gemütlich im Bett.*

Dennoch hält sie sich die ganze Zeit dicht am Ufer auf, wahrt größtmöglichen Abstand zu den Gebäuden. Und falls ihr doch jemand begegnen sollte – *dann mach ich einen auf naiv. Sage, ich hätte den Mann am Strand entdeckt. Völlig steifgefroren.* Deshalb wolle sie ihn erst mal ins Warme bringen, wo dann weitere Maßnahmen eingeleitet werden können.

Sie schaut sich abermals um.

Nach wie vor ist niemand zu sehen.

Sie blickt zum Leichnam, dreht sich weg und tritt den Rückweg an. Als sei nichts geschehen. *Flo ist tot – und? Nicht meine Schuld. Wer weiß, was der alles in sich hineingeschüttet hat auf diesem Treffen. Nicht der erste Alkoholtote, kommt vor, da kann ich doch nichts dafür.*

Ihre Gedanken kreisen um den Leichnam. Sie spielt Szenarien durch, wie der tote Körper dorthin geraten sein könnte, wo sie ihn gerade entsorgt hat. *Strandwanderung als sonntägliches Schlussprogramm auf der Insel … nein, nicht bei dem Wetter … Stelldichein mit irgendeiner Tussi, die er hier aufgerissen hat … auch nicht, denn die müsste ja noch auffindbar sein …*

Sie hält inne, grinst und ballt die Fäuste in den Jackentaschen. *Ha, jetzt hab ich's! Flo ist am Tag nach dem Klassentreffen zum hiesigen Schwimmbad mit Meeresblick rausgefahren. Ist für Landratten doch immer eine Attraktion, oder?*

Sie nickt sich zu, während sie weiter durch den Sand stapft, ihren Körper leicht vorgebeugt – gegen den Wind ankämpfend, der ihr eisig und feucht entgegenbläst. »Doch dann hat Flo es sich anders überlegt und ist lieber an einer Hotelbar versackt«, murmelt sie vor sich hin. »Besoffen wie er war, kam ihm dann die blöde Idee, an den Strand zu torkeln. Dort ist er in seinem Rausch umgefallen und einfach liegengeblieben. Und da hier draußen zurzeit keiner ist, dem das hätte auffallen können, ist er in der Nacht erfroren. Genau!«

Dass der Leichnam in dem Fall bereits zwei Tage unentdeckt dort liegen müsste, kommt ihr nicht in den Sinn.

Sie schnauft, merkt, dass ihre Nase läuft. Sie wischt sie mit dem Handrücken ab, da sie vergessen hat, sich Taschentücher einzustecken.

Und selbst, wenn es dazu kommen sollte, dass sie die Leiche genauer untersuchen und dabei Reste vom Schlafpulver finden – na, und! Das kann er doch freiwillig eingeworfen haben. Wer weiß schon, was in so einem zugedröhnten Schädel vor sich geht. »Die Hauptsache ist, dass keine Spuren zur Villa Küstenwind führen«, brabbelt sie vor sich hin und schaut sich immer wieder um. Als das Häuschen endlich in Sichtweite kommt, wenn auch nur als grauer Schatten in dieser schwarzgrauen Nacht, verspürt sie große Erleichterung.

Auch stille Wasser sind nass.

(Alter Seemannsspruch)

9

AM NÄCHSTEN TAG (Mittwoch)

Frieda blinzelt, als sie die schmale Küstenstraße entlangradelt. Am heutigen Morgen strahlt die Sonne am Himmel. Laut Wetterdienst soll das aber nicht lange so bleiben. Spätestens um die Mittagszeit werden wohl neue Wolken hereinziehen. Der Wind ist nach wie vor kräftig. Frieda muss ordentlich in die Pedale treten, um rasch voranzukommen.

Oma Lieken hatte beim gemeinsamen Frühstück in aller Herrgottsfrühe durchgängig von ihren Erlebnissen im Krankenhaus berichtet, fand kaum Zeit Luft zu holen, hatte mal wieder »Sabbelwasser« getrunken. So hatte der Opa es immer schmunzelnd genannt, wenn seine Frau wie ein Buch redete. Nach dem schweren Schlaganfall vor knapp einem Jahr sind keine vollständigen Worte mehr drin für ihn. Frieda kämpft manchmal noch immer mit den Tränen, wenn sie ihn so sieht. Sie dreht sich dann immer schnell weg, damit er es bloß nicht merkt. Weinerliches Mitleid ist das Letzte, was sich dieser bis ins hohe Alter stets aktive Mann jetzt wünscht.

Es ist laut Blick auf ihre Smartwatch genau sieben Uhr, als sie vor dem rot gestrichenen Gebäude eintrifft, in dem die Polizei-Zentralstation untergebracht ist. Sie legt eine Kette um das Hinterrad ihres uralten Drahtesels und lehnt ihn, wie meistens, einfach gegen die Hauswand. Im Gehen öffnet sie ihre Funktionsjacke, streicht sich ein paar Strähnen aus der Stirn und atmet schwer aus.

Aber nicht, weil der Weg sie so sehr angestrengt hat.

Es ist der Fall mit den drei Vermissten, der ihr zu schaffen macht.

Kann man so viel Pech haben?, fragt sie sich, als sie die gläserne Tür aufzieht.

Das Labor aus Kiel hatte sich noch immer nicht gemeldet. Die Arbeit würde sich stapeln, der Krankenstand sei hoch, hieß es auf Friedas Nachfrage am gestrigen Spätnachmittag. Da haben ein paar Schnapsfläschchen, die nicht in Verbindung mit einem Tötungsdelikt stehen, keine Priorität.

Was den Hersteller dieser speziellen Schnäpse betrifft, waren sie ebenfalls keinen Schritt weitergekommen. Klaus hatte lediglich in Erfahrung bringen können, dass »der olle Helmut« nebst Frau zwecks Verwandtschaftsbesuch auf dem Festland verweile. Wie diese Verwandten heißen und wo genau sie wohnen, hatte der Nachbar, den Klaus befragte, nicht zu sagen gewusst. Weitere Ermittlungen in die Richtung gerieten vollständig aus dem Fokus, als ein neuer Verkehrsunfall gemeldet wurde – dieses Mal mitten in Burg und unter Beteiligung mehrerer Fahrzeuge. Alle verfügbaren Leute rückten aus. Frieda hielt die Stellung in der Polizei-Zentralstation abermals allein und sah sich erneut zur Untätigkeit verdammt, was den Vermisstenfall betrifft.

»Morgen, Lieken, was macht der Vermisstenfall?«, begrüßt Heiner Eisler sie prompt, als sie die Räumlichkeiten betritt. Die Tür zu seinem Büro steht weit offen. Wahrscheinlich hat er schon die ersten Telefonate hinter sich gebracht. *Die Insulaner stehen anscheinend alle früh auf*, wundert sie sich jedes Mal, wenn sie bei Dienstbeginn die mitunter recht laute Stimme ihres Chefs aus dessen Büro vernimmt.

Eisler, der gestern nicht im Haus war – Frieda hatte vergessen, weshalb – steht in einem schief sitzenden Dreireiher vor ihr, seine runzelige Stirn in noch tiefere Falten gelegt. Das schüttere Haar klebt ihm am Kopf, die Augen glänzen ungesund.

Eisler leidet unter Diabetes, wie Frieda seit Kurzem weiß. In den kleinen, eckigen Fläschchen, mit denen sie ihn schon morgens am Schreibtisch erwischt hatte, und die sie anfangs für »Startpiloten« gehalten hatte, befindet sich in Wahrheit ein Bio Vitaldrink aus

Tahiti. Mit der zuckerfreien Ernährung nimmt Eisler es jedoch nicht so genau. Er verzichtet nur ungern auf seine Bratkartoffeln und lässt sich auch nicht vorschreiben, wie viele Gläser Wein er wann trinken darf.

»Wie sieht's aus, sind Sie immer noch sicher, dass keiner vom Personal der *Doppeleiche* dafür infrage kommt, dieser Weihnachtsengel gewesen zu sein?«, will er von Frieda wissen, während er schon wieder halb auf dem Weg zurück in sein Büro ist.

»Laut Aussage des Inhabers und der Servicekräfte waren an dem Abend alle im Dienst. Da wäre es doch aufgefallen, wenn einer plötzlich gefehlt hätte«, antwortet sie, denkt aber: *Nein, wäre es nicht, weil so viel los war.* »Außerdem habe ich im Verlauf des Gesprächs nicht den Eindruck gewinnen können, dass einer was zu verbergen hat.« *Klingt viel besser als: Ich habe keine Ahnung, was wirklich in diesen Leuten vorgeht, kann ja nicht in deren Gehirne gucken.* Sie schneidet eine Grimasse, was Eisler nicht sieht, da er bereits in sein Büro verschwunden ist.

Sie begibt sich an ihren Platz und aktiviert den Computer, noch bevor sie ihre Jacke auszieht. Klaus, der ihr normalerweise gegenübersitzt, ist noch nicht da. Er kommt heute erst gegen Mittag. Überstundenabbau.

Sie öffnet den elektronischen Postkorb, überfliegt die Absender und entdeckt die ersehnte Nachricht aus dem Kieler Labor. Ging noch am gestrigen Abend ein, kurz nach zweiundzwanzig Uhr. Frieda gleitet auf ihren Stuhl, noch immer in ihrer dicken Jacke, und liest – erfährt, dass in drei der Fläschchen Reste eines Schlafmittels gefunden wurden. Sie holt zischend Atem. *Also war es definitiv eine gezielte Aktion, genau geplant und eiskalt durchgeführt!*

Sie entledigt sich der Jacke, lässt sie hinter sich auf den Sitz gleiten. Wie hypnotisiert starrt sie auf die Nachricht aus dem Labor, während in ihrem Kopf ein Fragenfeuerwerk zündet. *Wieso wurden ausgerechnet diese drei entführt? Was könnte dahinterstecken? Wer könnte dahinterstecken? Was haben diese drei Personen gemeinsam? Wo kann ich ansetzen?*

Friedas Puls beschleunigt sich. Aus dem Vermisstenfall ist nun ein Entführungsfall mit unbekannter Motivation geworden. *Zudem ist davon auszugehen, dass die drei Geiseln in Lebensgefahr schweben! Falls sie überhaupt noch leben …*

Frieda schluckt trocken, spürt einen kalten Strom in ihrem Inneren. *Jetzt muss ich in die Puschen kommen!* Sie blickt zur Tür, hinter der Heiner Eisler eben verschwand, und überlegt kurz, sich mit ihrem Chef zu beratschlagen. Doch dann hat sie eine andere Idee.

Sie greift zum Telefon und wählt noch einmal Charlotte Zauners Mobilfunknummer.

»Ja, hallo?«, kommt es schlaftrunken aus der Leitung.

»Hallo, Frau Zauner, hier ist Frieda Lieken von der Polizei auf Fehmarn. Entschuldigen Sie die frühe Störung …« Weiter kommt sie nicht.

»Ach, das macht nichts«, plappert Charlotte Zauner munter drauflos. Als hätte sie eine Hallo-Wach-

Tablette mit sofortiger Wirkung eingeworfen. »Ich bin seit gestern Abend wieder daheim. Es war eine lange Fahrt, deshalb hatte ich mir den Luxus erlaubt, den Wecker heute …«

»Frau Zauner, ich habe noch ein paar kurze Fragen an Sie«, unterbricht Frieda den Wortschwall.

»Bitte, schießen Sie los.«

Frieda öffnet den Mund. Bleibt aber still. Weil sie nicht weiß, was genau sie von Charlotte Zauner eigentlich wissen will.

Die nutzt die Gelegenheit und plaudert gleich weiter. »Schön haben Sie's auf Fehmarn, wäre ja noch länger geblieben, aber nachdem Alex gestern früh abgereist ist und Marlies, die eh nur Trübsal blies wegen der Sache mit Kirsten, dann ebenfalls den Koffer packte …«

»Frau Zauner, Sie sagten doch, dass längst nicht alle der Ehemaligen an dem Klassentreffen teilgenommen haben, ist das richtig?« Den Hörer zwischen Schulter und Ohr geklemmt, hackt Frieda auf die Tastatur ein, öffnet ein leeres Dokument, auf dem sie Stichpunkte festhalten kann.

»Ja, stimmt, es …«

»Gibt es vielleicht eine Person unter diesen nicht dabei gewesenen Ehemaligen, die einen Groll gegen die drei Vermissten hegt? Wissen Sie da was?«

In der Leitung bleibt es totenstill. Sekundenlang. »Hm«, macht Charlotte Zauner dann. »Also, dazu fällt mir jetzt wirklich nichts ein, da muss ich passen.«

Verdammt! Frieda krallt die Finger zusammen. *Ruhig, Lieken!* Sie entspannt ihre Hände, hält sie eingabebereit über der Tastatur. »Gut, dann was anderes. Wie viele Personen haben nicht an dem Treffen teilgenommen, können Sie mir das sagen?«

»Ja, natürlich, ich habe ja alles organisiert. Wir waren damals dreiunddreißig. Zwölf waren da, macht einundzwanzig, die gefehlt haben.«

So viele? Frieda lässt die Hände sinken.

»Dazu muss ich allerdings sagen, dass ich acht nicht erreichen konnte und sie auch mithilfe der anderen nicht aufzuspüren waren«, hört sie Charlotte Zauner fortfahren.

Einundzwanzig minus acht – das sind immer noch dreizehn potenzielle Verdächtige. Frieda trommelt mit der linken Hand auf die Schreibtischplatte.

»Die sind alle weiter weggezogen, größtenteils ins Ausland wie der Alex aus Australien …«

»Gut, diese Leute haben also nichts von dem Klassentreffen wissen können«, unterbricht Frieda erneut. *Drei Geiseln in der Gewalt einer Person, von der keiner weiß, was sie überhaupt will. Das ist nicht gut!* »Gab es einen Außenseiter?« Sie denkt die Frage und stellt sie fast gleichzeitig laut. »Jemanden, den keiner so recht mochte? Sie wissen schon, wie ich meine.« Frieda hält es kaum auf dem Stuhl. Sie will die Entführten finden. Jetzt! Sofort!

»Hm«, macht Charlotte Zauner wieder. »Naja, da gab es schon jemanden. Die Elsa Riedel.«

Frieda wartet darauf, dass ihre Gesprächspartnerin weiterredet. Doch sie tut es nicht. »Was war mit ihr, können Sie mir da bitte Genaueres sagen?«, fordert sie Charlotte Zauner energisch auf.

»Kein sehr schönes Kapitel«, druckst die herum. »Lag aber auch ein bisschen an ihr selbst, so weinerlich, wie die veranlagt war. Und Sie meinen, die könnte etwas mit dem Verschwinden von Basti, Flo und Kirsten zu tun haben? Nee. Das glaub ich nicht. So viel Schneid trau ich der nicht zu. Da müsste die sich schon vollkommen verändert haben im Vergleich zu damals. War mehr der Typ Heulsuse, wie gesagt. Außerdem war sie auch nicht mit auf unserem Treffen.«

»Wusste sie davon? Hatten Sie mit ihr Kontakt?«

»Ja, das schon.«

Treffer! Frieda tippt den Namen »Elsa Riedel« ins bislang blanke Dokument.

»Sie war aber nicht daran interessiert, zu kommen«, plaudert Charlotte Zauner weiter. »Hat sich nicht mal in der WhatsApp-Gruppe beteiligt, obwohl sie Zugang hatte.«

Frieda horcht auf. »Das heißt, sie konnte alles mitlesen? Was war das für eine Gruppe? Wer war da alles dabei?« Sie zuckt zusammen, lässt beinahe den Hörer fallen, als die Tür zu Eislers Büro krachend auffliegt.

»Lieken, hören Sie sofort auf zu telefonieren! Wir haben einen Leichenfund am Südstrand!«

10

AM FRÜHEN NACHMITTAG
AUF DER WALLHALBINSEL

Sie rennt auf und ab, die Hände an die Wangen gepresst. Schweiß tritt ihr aus den Poren, obwohl sie keine Jacke trägt. Die Sonne scheint hell am Himmel, doch die lange Flanellbluse mit dem großen Karomuster schützt nicht vor dem morgendlichen Küstenwind. Trotzdem wird ihr von Minute zu Minute wärmer, regelrecht heiß.

Was soll sie nur tun?

Sie dreht sich um und fixiert das Häuschen, das sie seit gut einer Viertelstunde sinnlos umkreist. Die krausen Haarsträhnen wehen ihr ins Gesicht. Vom

Strand her erklingt das Geschrei der Möwen. »Haltet die Schnauze, ich muss denken!«, hätte sie am liebsten gebrüllt. Sie kann sich nicht erinnern, wann sie das letzte Mal derart unter Druck stand. Unter Zugzwang. *Dringendem Zugzwang!*

Ihre Augen tränen, während sie das Häuschen im Blick hält – der Ort, an dem sich noch zwei ihrer Geiseln befinden. Eigentlich hatte sie die beiden heute freilassen wollen – nachdem sie sowohl Kirsten auch als Basti nach deren Fütterung und Erledigung der Notdurft ihre ganze Wut, die Verzweiflung und den Hass entgegengeschleudert hatte, der sich in all den Jahren in ihr auftürmte wie ein Wolkenkratzer.

Ein instabiler Wolkenkratzer, der nur darauf gewartet hatte, in sich zusammenzufallen und alles unter dem Schutt zu begraben, was sich in unmittelbarer Nähe aufhielt.

Sogar in Bastis bisher so kühl wirkenden, schlammgrünen Augen hatte sich Panik gespiegelt.

Panik und nackte Angst.

Sie fasst sich mit beiden Händen ins vom Wind zerzauste Haar, ihre Augen weit aufgerissen.

Nein, sie kann die beiden nicht gehen lassen. Zumindest nicht heute. *Wenn überhaupt!*

In ihrer Brust tobt ein Tornado. Ihr Herz scheint sich jeden Augenblick überschlagen zu wollen, als sie an den Moment denkt, wie sie sich einen Instantkaffee aufgebrüht und dann arglos das Küchenradio angeschaltet hatte. Es war ein lokaler Sender eingestellt. Und es liefen gerade die aktuellen Meldungen.

Meldungen, die besagten, dass die lokale Polizei wegen einer Leiche am Südstrand die Ermittlungen aufgenommen hat und sachdienliche Hinweise entgegennimmt. Die Telefonnummer, die dazu angerufen werden kann, hatte der Sprecher ebenfalls mitgeteilt. Doch die hatte sie nicht mehr gehört, war wie von einer Meute Bluthunde gehetzt aus dem Häuschen gestürzt.

Sie schüttelt heftig den Kopf. So heftig, dass ihr schwindelig wird.

Wieso gehen sie nicht von einem selbstverschuldeten Tod aus? Liegt doch so nahe! Ein Besoffener, der in seinem Rausch nach draußen torkelte, am Strand einschlief und dann in der feuchten, eisigen Nachtluft erfroren ist. Was stimmt daran nicht, wieso steckt die Polizei da jetzt ihre Nase rein?

Ihre Schläfen pochen. Hinter ihrer Stirn rauscht es. Wie bei einer Brandung bei Flut. Eine Möwe gleitet heran, umschwirrt sie neugierig, lässt Kot ab und zieht kreischend weiter. Sie bekommt nichts davon mit. Obwohl der große grünlich-weiße Klecks sie nur knapp verfehlt hat, rund einen halben Meter neben ihrem linken Fuß zu Boden klatscht.

Sie stürmt zurück ins Häuschen. Die Restwärme des Kaminfeuers, das sie am frühen Morgen neu entfacht hatte, umfängt sie wie ein heißer Wüstenwind. Es perlt neuer Schweiß auf ihrer Stirn. Für ihre Gefangenen, die sie, gefesselt und mit Klebeband über dem Mund versehen, angstvoll beobachten, hat sie keinen Blick. Selbst Basti hat nach ihrem emotionalen Ausbruch jeglichen Rest an Selbstsicherheit verloren.

Kirsten rührt sich seither nur noch, wenn es unbedingt sein muss, wagt es kaum, zu atmen.

Sie fegt ins winzige Schlafzimmer, krabbelt unters Bett und zerrt eine große Tüte hervor. Sie rappelt sich ungelenk auf und schaut mit hektischem Blick hinein. *Alles da, gut!*

Mitsamt Tüte hastet sie zum Flur, schnappt sich den Steppmantel, schlüpft rein, reißt die Tür auf und flieht nach draußen, schmeißt die Tür wieder zu. Im Stechschritt läuft sie Richtung Schuppen. Dahinter lagert ein altes Ruderboot. Ein Zweisitzer, komplett aus Holz gefertigt. Sie hatte das Ding bereits bei ihrer Ankunft entdeckt. *Sieht sehr nach privatem Eigenbau aus. Hoffentlich ist es überhaupt seetüchtig!*

Sie schleudert die große Tüte ins Boot und macht sich daran, es zum Strand zu ziehen. Ihre Arme schmerzen und ihre Hände sind so taub, dass sie sie kaum noch spürt, als sie das sperrige Teil durch den Sand zerrt. Immer wieder hält sie inne, wirft Blicke zu der Menschenansammlung in Höhe des Strandabschnitts, an dem sie Flos Leichnam hatte liegenlassen. *Bleib ruhig, die sind weit genug entfernt*, redet sie sich stumm zu. *Und was ist schon Außergewöhnliches dabei, ein Ruderboot zu Wasser zu lassen?*

Sie hat es fast geschafft, der Bug des Boots wird bereits von den Wellen umspült – da sieht sie, wie ein Uniformierter auf sie zu walzt. Der Mann schleppt einiges an Übergewicht mit sich herum, kommt im Sand nur mühselig voran.

Ihr Blick flackert. Ihr Herz hämmert. Der Uniformierte verschwimmt zu einer undeutlichen Masse. »Bleib ruhig«, knurrt sie leise. Sie schaut dem Polizisten fragend entgegen, streicht sich die feuchten Haarsträhnen aus der Stirn und versucht sich an einem unverbindlichen Lächeln.

»Moin, junge Frau«, ruft ihr der Mann zu, während er weiter in ihre Richtung schaukelt wie ein klobiges Schiff kurz vorm Kentern. »Wollen Sie rausrudern? Na, da müssen Sie sich aber kräftig ins Zeug legen bei dem Seegang.«

Sie lächelt tapfer und würde gerne etwas Belangloses sagen, bringt aber keinen Ton heraus.

Der Uniformierte kommt in rund zwei Metern Entfernung von ihr schnaufend zum Stehen. »Sind Sie auf Urlaub hier?«, will er wissen und schaut strandaufwärts zur Villa Küstenwind, die durch den dichten Bewuchs jedoch nicht gleich zu erkennen ist.

»Ja«, erwidert sie einsilbig. Ihr Herz schlägt bis zum Hals hoch.

Er betrachtet sie gutmütig, scheint sich nicht daran zu stören, dass ihr langer Steppmantel und die ledernen Stadtstiefel nicht gerade tauglich sind für einen Ausflug mit einem Ruderboot. »Na, dann will ich Ihren Aufenthalt nicht weiter stören.« Der dicke Mann schnauft abermals. »Oder ist Ihnen in der vergangenen Nacht etwas Ungewöhnliches aufgefallen?«, fragt er halbherzig.

»Was meinen Sie?« Sie hat den Eindruck, wie ein Rabe zu krächzen, spürt, wie ihre Wangen anfangen zu glühen.

»Nun, haben Sie Lärm gehört? Gebrüll vielleicht? Oder sonst etwas, das Ihre Nachtruhe störte?«

»Nein, nicht, dass ich wüsste«, antwortet sie und meint, dümmlicher zu klingen als jede Blondine, die das Klischee übererfüllt.

»Und etwas beobachtet haben Sie auch nicht?« Der Polizist schaut sie freundlich an.

»Nein«, entgegnet sie bestimmt.

Der Mann stutzt ob ihres plötzlich schroffen Tonfalls.

»Ich habe tief und fest geschlafen«, ergänzt sie schnell und reibt sich den Nacken. »Ich bin immer früh im Bett, weil ich viel auf See bin.« Sie deutet auf das Boot und hebt die Mundwinkel.

»Schwimmt die Nussschale überhaupt noch?«, fragt der Dicke lachend, erwartet aber keine Antwort. »Also dann, schönen Tag noch, gute Frau«, sagt er und geht, dreht sich aber noch mal zu ihr um. Er greift in die Innentasche seiner Uniformjacke und reicht ihr eine Visitenkarte. »Falls Ihnen doch noch etwas einfällt, rufen Sie einfach an, ja?«

Klaus Hellmann, Polizei-Zentralstation Burg, liest sie stirnrunzelnd und murmelt: »Ja, mach ich.« Sie steckt die Karte ein, will sie später entsorgen. Am besten im Kaminfeuer, falls es bei ihrer Rückkehr noch brennt.

Sie wartet, bis der dicke Polizist die Hälfte seines Weges bis zur Menschenansammlung zurückgelegt hat. Er schaut sich nicht noch einmal nach ihr um. Dann drückt sie das Boot weiter ins Wasser. Sie stoppt und schlägt sich mit der flachen Hand vor die Stirn, läuft zurück und hält Ausschau nach einem großen Stein. Sie findet keinen. Also sammelt sie einige Kleinere ein und lässt sie in die Tüte plumpsen.

Das kalte Wasser durchweicht ihre Stiefel, das Boot schaukelt. Sie steigt vorsichtig ein. *Bloß nicht kentern!* Mit einem Bein im Bauch des Boots rollt sie den Rest ihres Körpers seitlich rein, richtet den Oberkörper auf und greift nach den beiden Rudern. Dass ihr langer Mantel im unteren Bereich ebenfalls klatschnass geworden ist, realisiert sie nicht. Sie schiebt die große Tüte unter den vorderen Sitz, der lediglich aus einem sehr schmalen und dünnen Brett besteht. Ein Erwachsener sollte darauf lieber nicht Platz nehmen.

Ihre Arme scheinen in Flammen zu stehen, während sie den Kahn immer weiter hinausrudert. In ihrer Brust ist es nicht minder heiß, jeder Atemzug schmerzt. Derartige körperliche Anstrengungen ist sie nicht gewöhnt. Ihren Job im Amt erledigt sie sitzend. Und in ihrer Freizeit stehen sportliche Aktivitäten auch nur selten auf dem Programm.

Das Boot eiert durch die Wellen. So kommt es ihr jedenfalls vor. Sie merkt, wie ihr schlecht wird. Sie hält inne und blickt sich um. Die Menschenansammlung am Strand sieht von ihrer Position aus wie ein Haufen Miniatur-Spielzeugpuppen. Hoch am Himmel gleitet eine Möwenschar vorüber. Die Sonne verschwindet hinter ein paar Schleierwolken.

Sie geht auf die Knie und verliert dabei beinahe ein Ruder. Schweiß rinnt an ihrem Rücken hinab. Sie nimmt die Tüte, wirft sie über Bord und schaut erleichtert zu, wie diese sinkt.

Der samtene Umhang, die Augenmaske, die Perücke, die leere Schminktube, der Lippenstift – das alles ruht nun bald auf dem Grund der See.

11

AN DIESEM ABEND, POLIZEI-ZENTRALSTATION BURG

»Such, Nero, such!«

Frieda geht vor dem kleinen Hund in die Hocke und hält ihm einen blaurot gemusterten Schal hin. Es ist der Schal, den die vermisste Kirsten Schang beim Klassentreffen trug. Der kleine Hund beschnüffelt das Kleidungsstück, reißt es Frieda aus der Hand und rennt los.

»Halt, stopp!«, schreit sie und flitzt hinterher. Doch der Hund ist mit seinen vier Pfoten viel schneller. Als sie völlig außer Puste bei ihm ankommt, hat er den Schal bereits verbuddelt.

Ein schrilles Läuten lässt Frieda aus ihrem Traum hochschrecken. Sie sieht sich verwundert um, findet sich an ihrem Arbeitsplatz wieder. Sie greift rasch zum Telefon. Doch als sie sich meldet, hat der Anrufer schon aufgelegt. Sie blickt auf ihre Smartwatch. Es ist kurz nach neunzehn Uhr. *Verdammt! Ich bin doch tatsächlich eingenickt!*

Sie wühlt fahrig durch den Unterlagenwust auf ihrem Schreibtisch. Wieder und wieder hat sie den ganzen Papierkram in den vergangenen Stunden studiert – so lange, bis sie erschöpft darüber einschlief.

Zwischenzeitlich rief die Gattin von Bastian Kohl an. Nicht erst seit heute mehr ängstlich als aggressiv, erkundigt sie sich jeden Tag mindestens einmal nach dem Stand der Dinge.

Nach Kirsten Schang hat bisher niemand gefragt.

Und Florian Brandt ist tot …

Frieda wird es flau im Magen, wenn sie an dessen Frau denkt. Sie hatte die Kollegen an deren Wohnort gebeten, die Nachricht vom Tod ihres Mannes persönlich zu überbringen – eine Aufgabe, um die sie die Beamten nicht beneidete. Es gehört sicher zu den schlimmsten Momenten im Kriminaldienst, Menschen eine solche Botschaft überbringen zu müssen.

Frieda zwingt sich, an was anderes zu denken. *War bestimmt Oma Lieken, das grad am Telefon. Sie fragt sich sicher, wo ich bleibe.* Sie stützt ihren Kopf auf die Hände und stößt Luft aus. Das schlechte Gewissen plagt sie. Ihre Großmutter ist doch noch recht wackelig auf den Beinen. Und statt sie beim Haushalt zu unterstützen, klebt Frieda auf ihrem Bürostuhl wie mit Leim fixiert. *Und das für nix und wieder nix!* Die hellblonden Strähnen aus ihrem zerzausten Zopf hängen ihr wirr ums bleiche Gesicht. Sie hat nach ihrer Rückkehr vom windigen Südstrand noch keinen Gedanken daran verschwendet, ihr Haar zu ordnen.

Dieser Vermisstenfall setzt ihr enorm zu.

Erst recht, seit einer der drei Personen tot aufgefunden wurde.

Eine Katastrophe! Vor allem die Ermittlungslage.

Niemand hat etwas gesehen oder gehört.

Niemand hatte nach diesem Klassentreffen mit Florian Brandt Kontakt.

Es scheint, als sei er wie aus dem Nichts an diesem Strandabschnitt aufgetaucht. *Und das auch noch tot …*

Frieda reibt sich die Augenlider. Sie hatte den halben Tag am Südstrand zugebracht, mit allen möglichen Leuten Gespräche geführt und verzweifelt nach irgendwelchen Spuren gesucht. Ihre einzige Ausbeute: eine grüne Wollmütze, die wahrscheinlich irgendein Strandspaziergänger verloren hat. Das Teil hatte im Sand gelegen, unweit eines Strandkorbs. Frieda hatte die Mütze aufgelesen und eingehend betrachtet. Später, als sie zurück in der Dienststelle war, hatte sie sie zwecks einer genaueren Untersuchung ans Kieler Labor geschickt.

Eine reine Verzweiflungstat.

Was sollen die Kollegen schon auf einer gewöhnlichen grünen Mütze finden, die auch noch aussieht wie selbstgestrickt?

Frieda verspürt einen Stich in der Brust, als sie an Martin denkt. Im Moment vermisst sie ihren Freund schmerzlich. Vor allem als Kollegen, mit dem sie bei der Kripo in Lübeck die Sachlage diskutieren konnte, wenn sie allein nicht weiterkam. *Vielleicht sollte ich ihn anrufen, nachdem ich Oma Lieken Bescheid gegeben habe, dass es heute deutlich später wird …*

Sie streckt die Hand nach dem Hörer des Schreibtischtelefons aus, als die Tür zu Heiner Eislers Büro auffliegt. »Lieken, kommen Sie rüber, es gibt Neuigkeiten aus Kiel!«, ruft er ihr im schneidigen Feldwebelton zu und ist auch schon wieder in seinem Büro verschwunden.

Frieda steht auf, streicht sich die wirren Haarsträhnen hinter die Ohren und folgt ihm – überrascht, dass ihr Chef ebenfalls noch im Haus ist. *Ob er mitbekommen hat, dass ich am Schreibtisch eingeduselt bin?* Sie setzt eine betont gleichmütige Miene auf, als sie Eisler gegenübertritt.

»Kommen Sie, kommen Sie!« Eisler, am Schreibtisch stehend, Blick auf den Computerbildschirm, gestikuliert mit dem rechten Arm. Frieda stellt sich neben ihren Chef, schaut ebenfalls auf den Monitor und sieht eine offene E-Mail. Laut Absender stammt sie aus dem Kieler Labor.

»Sie haben festgestellt, dass Florian Brandt – der Tote vom Strand«, fügt Eisler überflüssigerweise hinzu, »dass dieser Mann an einem toxischen Gemisch aus Alkohol und Schlafmittel verstarb.«

Frieda hört augenblicklich auf, den Text der E-Mail selbst zu lesen. »Ist es dasselbe Schlafmittel, das auch in diesen Schnapsfläschchen gefunden wurde?«

»Ist es«, gibt Eisler grollend zurück. »Steht im Absatz weiter unten.« Er tippt mit dem Zeigefinger auf die entsprechende Stelle im Dokument. »Fragt sich, wie der Tote an den Südstrand kommt, wenn ihm das Getränk mit der letalen Dosis doch hier in Burg, im Restaurant *Doppeleiche* verabreicht wurde. Wundert Sie das nicht auch?«

Friedas Gedanken rasen. *Das ist mehr als sonderbar! Was ist mit den anderen beiden? Sind die etwa auch tot? Und wo sind dann die Leichen?*

»Nun gut, vielleicht war die Dosierung niedrig und führte nicht gleich zum Tod«, hört sie Eisler wie durch eine dicke Wolke aus Schaum sagen.

Aber dann muss der Mann trotzdem Symptome gezeigt haben, rotiert der Gedankenkreisel in ihrem Kopf weiter. *Symptome einer Vergiftung. In dem Zustand fährt man doch nicht an den Strand.*

»Lieken!«

Eislers Soldatenstimme peitscht in ihr Ohr wie ein Pistolenschuss. »Hat's Ihnen die Sprache verschlagen?« Er drängt sie beiseite, sodass er sich in seinen Schreibtischsessel fallen lassen kann. Er schnauft laut und massiert sich die Schläfen.

Frieda tritt wie ferngelenkt vor den Schreibtisch, den Blick starr geradeaus gerichtet, allerdings ohne etwas wahrzunehmen, sosehr ist sie in ihre Überlegungen vertieft. *Einer ist bereits tot, von zweien fehlt jede*

Spur. Hatten die auch Alkohol getrunken? Falls nicht, leben sie vielleicht noch. In ihr keimt Hoffnung auf. *Verschwunden sind alle drei bei diesem Klassentreffen. Entführt von einem Weihnachtsengel. Wer ist das? Und war es eine Zufallsauswahl? War der Person egal, wen sie erwischt?* Sie schüttelt energisch den Kopf. *Nein, wohl kaum.* Sie merkt nicht, dass sie ihre Finger knetet. *Lieken, denk nach! Was ist der gemeinsame Nenner der drei Personen? Was verbindet sie, unterscheidet sie von den anderen Teilnehmern des Klassentreffens? ...Und was ist mit dieser Elsa Riedel? Die Außenseiterin? Die nicht dabei war, aber über alles Bescheid wusste? Zeit und Ort der Veranstaltung kannte ... und die Unterhaltungen in dieser WhatsApp-Gruppe konnte sie auch verfolgen.* Frieda nickt. *Die muss ich jetzt dringend genauer unter die Lupe nehmen!*

»Morgen früh fordere ich als Erstes Unterstützung an«, verkündet Eisler und macht Anstalten, sich zu erheben.

»Ich will Martin Wendt!«, purzelt es aus Frieda heraus wie Besteck aus einer umgedrehten Schublade.

Eisler lässt sich wieder in den Sitz fallen und mustert sie spöttisch. »Na, das war doch schon beim letzten Mal nicht gerade der Knaller, um es mal mit dem Jargon der Jugend auszudrücken.«

»Fragen Sie doch in Lübeck nach, wie unsere gemeinsame Arbeit dort verlief!«, gibt Frieda schärfer als beabsichtigt zurück.

»Sie sind privat verbandelt!«, brüllt Eisler und schlägt mit der flachen Hand auf den Tisch. »Halten Sie mich nicht für dämlich!«

In ihr brodelt es. Dennoch hebt sie beide Hände und gibt sich devot, hat gelernt, dass man dem Vulkan Eisler so am besten begegnet. »Entschuldigung, Chef. Ich wollte nicht so harsch rüberkommen. Aber Martin und ich …«

»Kein Problem«, unterbricht Eisler und winkt müde ab. »Meine Nerven liegen auch blank, Lieken, das können Sie mir glauben. Mit einem Fall dieses Kalibers sind wir hier auf der Insel deutlich überfordert, da mache ich mir keine Illusionen. Deshalb …«

»Als Erstes müssen wir rausfinden, wo diese als Weihnachtsengel verkleidete Person die Schnapsfläschchen herhat«, hakt Frieda schnell ein und fasst sich mit zwei Fingern ans Kinn.

»Wie – waren die nicht aus der *Doppeleiche*?« Eisler sieht aus wie die Verblüffung höchstselbst.

»Nein, laut Personal muss dieser Weihnachtsengel die Fläschchen mitgebracht haben.«

»Aha.« Eisler blickt zu ihr auf, die grauen, struppigen Augenbrauen maximal gehoben. »Und wir wissen bis heute nicht, wo es diese Fläschchen zu kaufen gibt?«

»Nirgends, weil sie nicht offiziell verkauft werden, sondern hobbymäßig gebraut werden. Hier auf der Insel«, fügt Frieda an und beobachtet irritiert, wie sich das Mienenspiel ihres Chefs schneller verdüstert als der Himmel bei einer Sonnenfinsternis.

»Hier auf der Insel, sagen Sie?« Seine Stimme klingt so finster wie die eines in seiner Ruhe gestörten Dämons. »Und, hatten die Dinger auch einen Namen? Ein Etikett? Auf dem die einprägsame Bezeichnung »Freche Möwe« zu lesen war?«

Frieda ist baff. »Woher …?«

»Woher ich das weiß?«, blafft Eisler, wobei etwas Speichel aus seinem Mund fliegt. »Was glauben Sie denn, wie viele private Schnapsbrenner es auf Fehmarn gibt?«

»Klaus hat die Etikette auch gleich erkannt und mir bereits gesagt, dass der Hersteller ein gewisser Helmut Jensen ist«, versucht Frieda ihren Chef mit weiteren Informationen zu beschwichtigen. »Ein über achtzigjähriger Mann, der das zum Zeitvertreib macht. Das Problem ist nur …«

»Und hat Klaus Ihnen auch gesagt, dass der olle Helmut die Dinger ab und zu an Svantje abgibt?« Eisler brüllt. Aus Leibeskräften. Frieda tritt unwillkürlich einen Schritt zurück.

»Das ist seine Tochter. Auch schon fast sechzig.« Eislers Gemüt kühlt wieder runter, er spricht in normaler Lautstärke. »Und diese Tochter hat zwei Souvenirläden. Einen hier in Burg – und raten Sie mal, wo der andere ist?«

»Am Südstrand«, haucht Frieda mit geweiteten Pupillen.

»Da wo unser toter Mann lag, ganz genau.« Eisler klingt auf einmal nur noch matt. Er reibt sich die Stirn, hört gar nicht mehr auf. »Lieken, Lieken, Lieken. Was soll ich nur mit Ihnen machen«, lamentiert er vor sich hin, bevor er Frieda ins strenge Visier nimmt. »Können Sie mir bitte mal verraten, weshalb

Sie nicht gleich mit mir« er betont das letzte Wort extra stark, »darüber gesprochen haben?«

»Ich ...«

»Klaus ist ein herzensguter Mensch«, redet Eisler weiter, ist nicht mehr zu bremsen. »Doch polizeilich ist er ein Totalausfall! Und sagen Sie mir bloß nicht, dass Sie das nicht auch längst bemerkt haben! Ich hätte ihn längst feuern müssen. Aber ich bringe es nicht übers Herz.« Er wirkt ehrlich zerknirscht, hebt die Hände und lässt sie wieder fallen. »Solange er Innendienst schiebt, kann nicht viel schiefgehen, sage ich mir immer wieder und lasse es laufen. Vollkommen irrational, ich weiß.« Er seufzt tief.

Frieda durchläuft es siedend heiß bei der Erinnerung daran, dass sie Klaus gestern mit raus zum Leichenfundort nahm – wovon Eisler bisher anscheinend nichts weiß. *Und was auch besser so bleibt.* Sie schluckt hart und räuspert sich. »Mein Fehler, es tut mir leid. Aber ich dachte nicht, dass Sie ...«

»Das ist das Problem mit euch jungen Leuten«, fällt Eisler ihr gleich wieder ins Wort. »Ihr wisst immer alles besser, prescht gedankenlos vor und pfeift auf das Wissen der Älteren.«

»Nein Chef, es tut mir wirklich leid«, insistiert Frieda und meint es absolut ehrlich. »Ich hätte Sie keinesfalls außenvor lassen dürfen.« *Scheiße, das hat verdammt kostbare Zeit vergeudet!*

»Schwamm drüber«, erwidert Eisler erstaunlich milde. Er schaut auf seine Armbanduhr. Sie ist komplett aus Holz gefertigt und hat ein schwarzes Ziffernblatt. »Es ist zwar schon spät, aber ich rufe jetzt gleich mal bei der Swantje an und frag sie, wann sie das letzte Mal eine Lieferung von ihrem Vater bekommen hat.« Er verschränkt die Arme hinter dem Kopf und fixiert Frieda aus verengten Augen. »Wie viele haben Sie in der *Doppeleiche* gefunden, zwölf, richtig?«

»Ja, zwölf«, bestätigt sie sachlich.

Eisler wendet sich dem Telefon zu. »Gut, das ist in der Tat eine recht auffällige Menge. Schauen wir mal, vielleicht bringt uns diese Spur etwas. Und ab morgen gibt's Unterstützung aus Kiel.«

»Geben Sie mir noch einen Tag!«, ruft Frieda energisch aus, den flammenden Blick auf ihren Chef gerichtet. »Wenn es wirklich nur diese beiden Läden gibt, die für den Verkauf der Fläschchen in Frage kommen, habe ich eine Idee.«

12

AN DIESEM ABEND
IN DER VILLA KÜSTENWIND

Sie tigert durchs Schlafzimmer, bewegt sich von Wand zu Wand, die Hände hinter dem Rücken zusammengekrampft. Auf dem Bett liegt ihr aufgeklappter Koffer. Sie hat bereits alles gepackt und sich vergewissert, keinen Gegenstand oder ein Kleidungsstück vergessen zu haben.

Abreisen kann sie dennoch nicht.

Obwohl es genau das ist, was sie am liebsten tun würde. *Jetzt! Sofort!*

Ihr Auto steht vollgetankt oben an der Straße. Sie müsste sich nur ihren Koffer schnappen, hinlaufen, einsteigen und losfahren. *Nur weg von hier! Ganz weit weg!*

Doch was ist mit den Gefangenen?

Kann sie die wirklich einfach hier zurücklassen?

Sie läuft zur Tür, späht in die Wohnstube, sieht Basti und Kirsten gefesselt und mit Klebeband über den Mündern am Boden kauern. *Münder, aus denen so viel Dreck geschleudert wurde!* »Affenkind, Affenkind, Affenkind«, stimmt ein schriller Chor in ihrem Kopf an. »Du bist nichts weiter als ein blödes Affenkind!«

Eine Welle der Wut durchflutet sie. Heiße Wut. *Sie haben es verdient!*

»Was haben sie verdient?«, fragt eine kritische Stimme in ihrem Inneren. »Auch zu sterben? So wie Flo?«

Sie erschrickt, zuckt zusammen.

Dass Flo tot ist, ist doch nicht ihre Schuld! Was kann sie dafür, dass er viel zu viel getrunken hat?

Sie krallt ihre Fingernägel in die Handballen und schüttelt panisch den Kopf. Ihr Mund ist weit aufgeklappt.

Was will man ihr hier einreden?

»Du wirst die anderen auch töten müssen«, verkündet die kritische Stimme in ihrem Inneren. »Sonst wirst du es sein, die ihres Lebens nicht mehr froh wird.«

Sie steht wie gelähmt im Türrahmen, richtet den entsetzten Blick auf Basti und Kirsten. Sie rühren sich nicht, liegen seit Stunden in dem kalten Raum, in dem das Kaminfeuer längst erloschen ist. *Sind sie etwa schon …*

Sie hechtet hin, beugt sich zu beiden hinab und vergewissert sich, dass sie noch atmen, fühlt einen Puls sowohl bei Kirsten als auch bei Basti.

Ihr fällt ein Stein vom Herzen.

Im ersten Moment.

Im zweiten meldet sich abermals die kritische Stimme in ihrem Inneren: »Wieso freust du dich? Ist dein Problem so etwa gelöst?«

Nein …

Sie starrt Basti an, realisiert sein fahles Gesicht, die geschlossenen Lider. Er liegt halb auf dem Rücken, die rechte Schulter durch die gefesselten Hände leicht verdreht. Seine Beine stecken in strammen Jeans, sein Oberkörper in einem lässigen Sweatshirt mit Logo-Aufdruck. Er ist längst nicht mehr so schlaksig wie früher, aber noch immer schlank. »Und cool«, befindet die kritische Stimme in ihrem Inneren.

Sie stößt ein zorniges Grummeln aus, hätte diese Stimme jetzt gerne zum Schweigen gebracht. »Und? Meinst du wirklich, dass du ihm vertrauen kannst und er dichthält?«, fährt diese ungerührt fort. »Und selbst wenn, was ist mit der anderen?«

Ihr Blick fällt auf Kirsten. Sie liegt bäuchlings auf dem harten Dielenboden, das Gesicht zur Seite gedreht. Das Wollkleid ist ihr bis zur Hälfte der Oberschenkel hochgerutscht. Die Strumpfhose weist mittlerweile Laufmaschen auf, wahrscheinlich vom vielen

Hin- und Herwerfen. Gut möglich, dass das Nylon dem nicht standhielt.

Diese Frau wird auf jeden Fall reden, geht ihr durch den Kopf, während sie hasserfüllt auf Kirstens knochigen Leib starrt. *Die wird keine Ruhe geben, das ist so klar wie die reinste Bergquelle!*

»Demnach muss sie sterben«, schlussfolgert eine neue Stimme in ihrem Inneren. Sie klingt kühl und rational. Wie die eines Mathematikers. »Also bitte, worauf wartest du?«

Ja … worauf warte ich …

Ihr wird eiskalt.

Ihre Hände zittern.

Ihre Unterlippe bebt.

Ihre Augen füllen sich mit Tränen.

Sie rennt ins Schlafzimmer und wirft sich aufs Bett, stößt beinahe den noch offenen Koffer runter. Wie ein Kind trommelt sie mit den Fäusten aufs Kissen und heult. Hemmungslos. Ihre Nase tropft. Und sie bekommt Schluckauf. *Ich wollte Rache, ja. Aber nicht das! Ich bin doch keine Mörderin!*

Ihr Schluchzen wird immer heftiger. Sie schreit auf, wimmert, schmeißt sich auf den Rücken und schlägt um sich. Als würde sie angegriffen. Der Koffer rutscht vom Bett, fällt krachend zu Boden, der Inhalt verteilt sich dort.

Dann wird sie mit einem Mal still, blickt mit ihren verschwollenen Augen an die Decke.

»Am besten nimmst du beide mit und versteckst sie, schließt sie an einem anderen Ort ein und verschwindest dann. Für immer«, rät ihr die kritische Stimme.

Sie atmet flach durch den Mund. Ihre Nase ist noch zu. *Vielleicht ist das das Beste, ja … das Land verlassen … aber wohin soll ich gehen … rauf nach Schottland? Ist das weit genug? Nein … besser bis nach Kanada …*

Dort lebt Tante Lu, die Schwester ihrer verstorbenen Mutter. Zu deren Lebzeiten war sie einige Male gemeinsam mit ihr bei Tante Lu – eigentlich Luise – zu Besuch gewesen.

Eine sehr nette Frau.

Mit Herz.

Und Rückgrat.

Das war ihr Eindruck gewesen. Bei der für sich gebliebenen Tierliebhaberin und Greenpeace-Aktivistin würde sie bestimmt eine Weile Unterschlupf finden, bis sie eine Idee hat, wie es weitergehen soll.

Sie nickt hoffnungsfroh. *Und das neue Versteck von Basti und Kirsten kann ich telefonisch durchgeben, sobald ich überm Teich bin!*

Sie greift in die rechte Hosentasche und kramt die Visitenkarte des dicken Polizisten hervor, die doch nicht im Feuer gelandet ist, weil dieses bei ihrer Wiederkehr bereits aus gewesen war. *Aber so einen Anruf kann man zurückverfolgen, oder?*

Sie steckt die Karte schnell wieder ein – wie ein verbotenes Utensil, das niemand zu Gesicht bekommen darf. Dann stiert sie wieder an die Decke und liegt apathisch da, ist vollkommen handlungsunfähig.

Es gibt keinen günstigen Wind für den, der nicht weiß, in welche Richtung er segeln will.

(Wilhelm von Oranien-Nassau)

13

AM NÄCHSTEN TAG (Donnerstag),
IN BURG

Frieda lenkt ihren Wagen, ein froschgrüner Opel Corsa F, in die erspähte freie Parklücke. Burg ist ein einziger Kreisverkehr und die Parkbuchten befinden sich meist auf der linken Seite. Also war es schlau von ihr, sich rechtzeitig dort einzuordnen.

Sie springt aus dem Wagen, schnappt sich ihre weinrote Funktionsjacke vom Rücksitz, zieht sie über, verriegelt das Auto und flitzt los.

Es ist schon fast Mittag. Ihr Ausflug nach Kiel hat deutlich mehr Zeit gekostet als geplant, obwohl sie bereits um kurz vor sieben Uhr gestartet war.

Die Hinfahrt verlief problemlos. Nach rund anderthalb Stunden stand sie im Kieler Labor. Auf der Rückfahrt kam es jedoch immer wieder zu Stauungen auf der B202 wegen einer kurzzeitigen Sperrung aufgrund eines Unfalls im Baustellenbereich. Frieda hatte geflucht wie ein Rohrspatz, hätte sich am liebsten wie James Bond in einem seiner Superautos den Weg freigeschossen.

Mit ihrem eingetüteten Beutestück in der Jackentasche – die grüne Wollmütze, die sie am Südstrand gefunden hatte – läuft sie zügig über das Kopfsteinpflaster der Burger Altstadt. Der kleine Souvenirladen kommt in ihren Blick. Daneben sieht sie ein gemütliches Café und zur anderen Seite hin ein Geschäft für Kurzwaren.

Frieda hechtet zum Souvenirladen. Für die bunte Auslage hat sie keinen Blick, sie zieht gleich die Tür auf. Ein Bimmeln erklingt. Frieda tritt ein.

Der Verkaufsraum ist nicht gerade groß. Jeder Meter wird für die Warenpräsentation genutzt. Frieda erblickt Pfeffer- und Salzstreuer im Möwendesign, Aschenbecher in Form eines Fischs, Frühstücksbrettchen mit maritimen Motiven und jede Menge Strickwaren. Handschuhe, Schals, Mützen, Pulswärmer, Stulpen, gehäkelte Täschchen. Frieda inspiziert die Mützen, sucht nach der passenden grünen Farbe. Es gibt rote, rosafarbene, hellblaue, mintgrüne, braune und auch eine schwarze. Flaschengrün ist nicht dabei.

»Hallo, kann ich Ihnen helfen?«, hört sie eine helle Stimme hinter sich fragen.

Frieda dreht sich um. Ihr gegenüber steht eine sehr junge Frau, vielleicht zwanzig. Sie trägt dunkelblaue Leggings und ein kurzes cremefarbenes Stoffkleid mit buntem Blumenprint, das ihren schmalen Körper umschmeichelt und auch gut zu ihrem feuerrot gefärbtem Haar passt. Sie lächelt, wobei ihre blauen Augen blitzen.

Frieda zieht die kleine Plastiktüte aus der Jackentasche, in der die grüne Mütze eingefasst ist. »Ich bin von der Polizei«, erklärt sie freundlich und streckt die Tüte vor, während sie mit der anderen Hand ihren Dienstausweis aus der Innentasche fummelt. »Haben Sie diese Mütze schon mal gesehen?«

Die junge Frau starrt erst die Mütze und dann Frieda irritiert an. »Äh …«

»Ja, ich weiß, es ist eine simple grüne Mütze.« In ihrem Tonfall schwingt Bitternis mit. *Eine Schnapsidee, Lieken!*

Die junge Frau nickt nur, den verwunderten Blick weiterhin auf Frieda und ihren Dienstausweis gerichtet. »Ich meine, ich kann ja mal die Ella fragen. Vielleicht fällt ihr was dazu ein«, sagt sie, klingt aber wenig zuversichtlich. »An Mützen in der Farbe kann ich mich jedenfalls nicht erinnern. Ich glaube nicht, dass wir die hier hatten. Vielleicht gibt's die bei denen am Südstrand. Fragen Sie doch mal dort nach.«

»Werde ich machen«, sagt Frieda. »Doch erst möchte ich Ella noch sprechen. Ist sie hier?«

»Nein, sie hat heute frei. Es ist immer nur eine von uns im Laden. Reicht bei der Größe.« Sie hebt die

Schultern und streckt die Handflächen vor. »Aber ich kann sie gern anrufen und fragen, wenn Sie möchten. Oder Sie kommen morgen noch einmal vorbei. Da hat sie Dienst.«

Frieda packt die Mütze und ihren Dienstausweis wieder weg. »Wie viele Leute arbeiten hier, nur Sie beide?«

»Ja, wir wechseln uns tageweise ab. Manchmal bleibt der Laden auch zu, wenn so gar nichts los ist in der Stadt.« Die junge Frau lächelt unverbindlich. »Es ist keine Saison, Geschäft machen wir derzeit eigentlich nur an den Wochenenden.«

»Was ist mit den Schnapsfläschchen der Marke »Freche Möwe«?«, will Frieda noch wissen. »Die verkaufen Sie doch hier, oder?«

»Ja, schon. Zurzeit haben wir aber kaum noch welche da. Höchstens zwei Stück, oder so. Soll ich mal nachsehen?«

»Wurde eine größere Menge davon auf einmal verkauft?«

»Nicht, dass ich wüsste. Der Vorrat ging einfach zuneige. Wird Zeit, dass Helmut nachlegt.« Sie kichert, als könne sie es kaum erwarten, den Schnaps selbst hinunterzukippen.

»Gut, vielen Dank.« Frieda nickt ihr zu und verlässt den Laden eilig. *Nix wie weg, bevor sie noch völlig an meinem Verstand zweifelt!* Vor der Tür bleibt sie ratlos stehen, den Blick in den grauen Himmel gerichtet. *Und was jetzt? Zurück zur Dienststelle und die Fahrt nach Kiel als Ausflug verbuchen? Eisler wird begeistert sein!* Sie holt tief Luft und stößt sie langgezogen wieder aus. *Ach, was soll's!*

Sie läuft zum Auto zurück, rennt fast, steigt ein, startet den Wagen und steuert ihn aus Burg heraus in Richtung Wallhalbinsel, den Bleifuß auf dem Gas. Fahrtzeit: keine zwanzig Minuten für die rund sechzehn Kilometer.

Den betreffenden Souvenirladen findet sie in der Nähe der drei Hoteltürme. Er ist um einiges größer als der in Burg. *Am touristischen Hot-Spot von Fehmarn gelegen macht das auch Sinn,* geht Frieda durch den Kopf, während sie die Ladentür aufzieht.

Auch hier bimmelt es. Und der Geschäftsraum ist ebenso vollgestopft wie der in Burg, wobei sich die ausgelegten Waren kaum unterscheiden. Hier gibt es nur mehr von allem.

Auch mehr Mützen.

Frieda läuft zu den Tischen, auf denen die Strickwaren präsentiert werden und durchforstet sie. Eine ältere Frau sieht ihr zu, spricht sie aber nicht an. Ansonsten ist niemand in dem Laden.

Frieda lässt die Schultern hängen und seufzt, als sie abermals nicht fündig wird. Die ältere Frau – sie trägt eine blauweiß gestreifte Bluse und einen blauen Rock – schenkt ihr immer noch keine Beachtung. Sie blättert in einem Katalog.

Wahrscheinlich hält sie mich für eine Touristin, die Zeit totschlägt und sowieso nichts kauft. Frieda zückt ihren Ausweis, holt die Plastiktüte aus der Tasche und bewegt sich auf die Frau zu. »Lieken, Polizei-Zentralstation

Burg«, stellt sie sich vor. »Wir ermitteln im Zusammenhang mit einem Vermisstenfall«, spielt sie die Wahrheit herunter. *Mordfall klingt so erschreckend, verschließt die Münder immer erst mal.* Sie hält der Frau die Plastiktüte mit der Mütze hin. »Haben Sie so eine schon mal hier gesehen?«

»Habe ich«, sagt die Frau – und Frieda traut ihren Ohren kaum.

»Die sind aber aus«, ergänzt ihre Gesprächspartnerin, legt den Katalog beiseite und setzt ihre Brille ab. Frieda schaut in klare, graugrüne Augen, mit etwas dunklem Kajal umrandet. »Die waren farblich der Renner«, fügt die Frau hinzu. »Svantje hatte drei davon gestrickt. Und die waren in weniger als einer Woche weg. Bei den anderen Farben …«

»Moment«, unterbricht Frieda. »Die Mützen sind also auch eine Eigenproduktion?« Sie wedelt ungeduldig mit der Hand. »Also, ich meine, so wie dieser Schnaps, den der Mann der Ladeninhaberin braut?«

»Ach, Sie spielen auf die hier an?« Die Frau hält eine »Freche Möwe« hoch. Frieda sieht eine kleine Kiste davon, die im Kassenbereich steht. Sie fasst etwa zwanzig von den Fläschchen.

»Ja, das Zeug panscht der olle Helmut zusammen«, plaudert die Frau in jovialem Tonfall weiter. »Mein Fall ist's ja nicht. Aber die Touris sind ganz wild darauf. Und die Svantje strickt eben.« Die Frau tritt näher an Frieda heran, packt wahllos einen langen Schal und hält ihn hoch. »Svantjes Strickwaren gehen jetzt im kargen Wintergeschäft erstaunlich gut weg. Die

Leute haben anscheinend die Nase voll von den Industrieproduktionen. Sie wollen was Echtes, von Menschen individuell hergestellt …«

Frieda hört nicht mehr zu. In ihrem Kopf rauschen die Gedanken, nehmen Geschwindigkeit auf wie eine U-Bahn bei der Fahrt in den ersten Tunnel nach der Haltestation.

»Die Svantje strickt einfach alles«, redet die Frau dennoch weiter auf sie ein. »Sie sitzt wohl jeden Tag auf dem Sofa und lässt ihre Nadeln klappern.« Die Frau lacht. »Schauen Sie mal hier. Sie können Socken, Stulpen, Schal und Mütze als passendes Ensemble haben. In der Farbe weinrot. Wie Ihre Jacke. Wäre das nicht was? Oder mögen Sie's lieber ausgefallen? Dann sehen Sie sich mal diese Mütze mit der eingestrickten Blüte an. Die gibt es garantiert nicht überall.«

»Vielen Dank«, unterbricht Frieda das Verkaufsgespräch hastig. »Aber ich habe noch eine Frage. Können Sie sich an eine der Personen erinnern, die eine der flaschengrünen Mützen erworben hat?«

Die Frau gibt ein Zischen von sich. »Na, hören Sie mal, junge Frau. Im Moment mag es zwar ruhig sein, aber so wenig ist auch zu dieser Jahreszeit nicht los, als dass wir uns jeden Kunden genau einprägen könnten. Wozu auch, ist ja kein Verbrechen, Strickwaren zu kaufen.«

Frieda ignoriert den spöttischen Tonfall. »Und was ist mit diesen Schnapsfläschchen? Ist Ihnen da jemand aufgefallen, der mehr davon gekauft hat als üblich?«

»Was heißt das, an wie viele denken Sie da?«

»Zwölf Stück.«

»Auf einmal? Hm.« Die Frau schabt sich das Kinn. »Das wäre allerdings schon merkwürdig, da gebe ich Ihnen recht. Mir ist diesbezüglich nichts in Erinnerung geblieben. Aber vielleicht gab es einen solchen Verkauf bei einer der anderen Aushilfskräfte.«

»Wie viele sind das?« Friedas Finger vibrieren, tippeln gegen ihre Oberschenkel.

»Vier. Die Mona, die Birte, die…«

»Können Sie sie anrufen und fragen?«

Die Frau stutzt. »Wie – jetzt gleich?«

»Ja. Jetzt gleich.«

14

AN DIESEM SPÄTEN NACHMITTAG IN DER VILLA KÜSTENWIND

Sie kniet auf den kalten Badfliesen, beide Hände am Toilettendeckel, bereit ihn jederzeit hochzureißen. Ihr Brustkorb schmerzt, als würde er von innen heraus mit kleinen Hämmern traktiert. Ihre Kehle brennt. Krause Haarsträhnen kleben ihr an den Wangen und in der Stirn.

Sie weiß nicht, wie oft sie sich in den letzten Stunden übergeben hat. Es kommt nur noch Galle, gelblicher Schleim. Ihr Magen ist schon lange leer. Gegessen hat sie das letzte Mal gestern Abend. Eine Scheibe trockenes Brot. Dieselbe karge Mahlzeit, die sie ihren beiden Gefangenen verabreicht. Mehr hatte sie nicht hinunterbekommen.

Sie blickt auf, starrt auf den beigefarbenen Spülkasten. Der Würgereiz lässt endlich etwas nach. Dennoch ist ihr nach wie vor schlecht. Steifschlecht. Ihre Hände zittern wie bei Parkinson.

Sie würde gern aufstehen.

Doch sie kann nicht.

Es kommt ihr vor, als hätten ihre Knie und die Fliesen eine Einheit gebildet, die sich nur mit brachialer Gewalt lösen lässt. Sie kämpft, ächzt, stöhnt, schafft es schließlich auf die Füße. Staksig wie eine unbeholfen gelenkte Marionette bewegt sie sich in Richtung Wohnstube und richtet ihren fiebrigen Blick auf die Gefangenen.

Beide liegen reglos auf dem harten Dielenboden. Das Feuer im Kamin glimmt leicht. Sie hatte es wieder voll entfacht – nachdem sie entschieden hatte, die Nacht noch herumgehen zu lassen und sich in Ruhe zu überlegen, wohin sie Basti und Kirsten bringen würde.

Doch dann war alles ganz anders gekommen als von ihr geplant.

Sie hatte die Gefangenen füttern und ihre Notdurft erledigen lassen wollen, fing mit Kirsten an, weil Basti gerade schlief.

Vermeintlich.

Als sie mit Kirsten fertig war und dann zu ihm ging und das Klebeband von seinem Mund riss, bäumte er sich wie eine Natter auf und biss zu. Hackte seine Zähne in ihre Hand. Die Überraschung war so groß gewesen, dass sie zunächst nicht mal einen Schmerz spürte. Doch als sie das Blut sah, das an ihrer Hand hinablief, schlug sie ihm mit der anderen kraftvoll ins Gesicht und schrie wie von Sinnen. Im ersten Moment erschrak sie selbst von den schrillen Tönen, die ihrer Kehle entwichen. Keine fünf Sekunden später hatte sie den bisher unbenutzten Kaminhaken gepackt und ihn in Bastis Wade gerammt.

Sein Aufschrei gellte in ihren Ohren, übertönte ihr eigenes Gebrüll.

Daraufhin wurde sie still, fühlte sich wie von innen vereist, konnte sich aber trotzdem bewegen.

Sie nahm die Rolle mit dem Klebeband vom Couchtisch, hockte sich auf Basti und verschloss ihm wieder den Mund. Danach holte sie eine der Küchenrollen, die sie bei ihrer Ankunft mitgebracht und unten im Spülschrank verstaut hatte, riss jede Menge Papier ab und drückte es auf die stark blutende Wunde. So lange, bis es leidlich aufhörte. Sie griff sich weitere Papierstücke, presste sie auf die Wunde und wickelte Klebeband drüber.

Wie Kirsten sich währenddessen verhielt – daran hat sie keine Erinnerung.

Sie war nach diesem Vorfall ins Schlafzimmer gegangen und hatte vergeblich versucht, Ruhe zu finden. Der Nachtwind rüttelte am Fenster und ließ das Gebälk knarren. Dazu rauschten die Wellen am Strand, hörten sich an wie bei Sturmflut. Das störte sie nicht. Im Gegensatz zu ihren Eingeweiden. Die spielten komplett verrückt, rumorten schmerzhaft und zwangen sie die halbe Nacht zur Toilettenschüssel.

Zurück im Bett plagten sie Wachträume.

Von damals.

Als sie auf dieser Klassenfahrt waren.

Eine Woche in einer Jugendherberge im Schwarzwald.

Sie war die meiste Zeit für sich geblieben, hatte viel gelesen und nahm nur an den Ausflügen teil, weil die Lehrerin es verlangte. Wenn sie duschte, achtete sie darauf, dass die anderen Mädchen fertig waren. Doch es hatte nichts genutzt. Am vorletzten Abend kam sie aus dem Waschraum, ein Handtuch um ihren Körper gewickelt – und stellte fest, dass ihre Kleidung fort war. Sie suchte alles ab, doch vergebens. Also musste sie, nur mit dem Handtuch um ihren Leib, zum Schlafsaal laufen, wo sich ihre Reisetasche befand. Im Flur lauerte Basti. Er sprang aus einer Ecke und riss ihr das Handtuch vom Körper. Splitterfasernackt und frierend wusste sie erst gar nicht wie ihr geschah. Bis sie das Gejohle der anderen Schüler hörte, angeführt von Kirsten und Flo. Sie rannte los, glitt auf dem Boden aus und tat sich weh. Das Geschrei wurde immer lauter, schmerzte in ihren Ohren. Und die Tränenschleier vor ihren Augen machten sie fast blind …

Irgendwann muss sie dann doch erschöpft eingeschlafen sein. In jedem Fall war es bereits Mittag, als sie erwachte – und sich mit ihrer immer auswegloser werdenden Situation konfrontiert sah.

Was sie erneut zur Toilettenschüssel zwang.

Sie schlingt die Arme um sich, als versuche sie, sich selbst Halt zu geben, während sie die Wohnstube durchquert und sich auf Basti zubewegt. Je näher sie ihm kommt, desto stärker nimmt sie einen unangenehmen Geruch wahr. Sie sieht Bastis Gesicht an, registriert den grauweißen Teint. Seine Augenlider sind geschlossen. Sie neigt sich vorsichtig zu ihm hinab, will vorbereitet sein, falls er sich abermals schlafend stellt. *In Wahrheit aber …*

Der Geruch wird beißend. Sie entdeckt einen großen, dunklen Fleck in Bastis Leistengegend. *Er hat sich eingenässt!*

Noch nicht sicher, was sie mit dieser Erkenntnis anfangen soll, hört sie lautes Stöhnen. Es ist Kirstens derzeit einzige Möglichkeit, auf sich aufmerksam zu machen.

Sie fährt zu ihr herum, springt hin und will ihr eine scheuern. Will ihr entgegenschreien, dass sie sich gefälligst leise verhalten soll – und dass das alles nie passiert wäre, wenn sie sie damals nicht so gequält hätten. Doch etwas in Kirstens Augen lässt sie innehalten und stattdessen das Klebeband lösen.

Kirsten hustet trocken, ringt nach Luft und hustet erneut.

Sie nimmt die Wasserflasche, die sie für die Gefangenen gut sichtbar auf dem Couchtisch platziert hat, öffnet sie und hält sie Kirsten an die spröden Lippen. Die verschluckt sich, während Flüssigkeit an den Mundwinkeln hinabrinnt, sodass sie sich gezwungen sieht, die Flasche mehrfach abzusetzen.

»Du Monster!«, röchelt Kirsten und spuckt ihr ins Gesicht. »Du hast Basti auf dem Gewissen!«

Sie wischt sich den Speichel mit dem Handrücken weg und erkennt Bastis Zahnabdrücke in der Bisswunde.

»Du hast die Wunde nicht mal gesäubert, du Wahnsinnige!«, hört sie Kirsten weiter kreischen, während sie den Handrücken dreht, die Wunde von allen Seiten betrachtet.

»Meinst du echt, es reicht, ein bisschen Papier auf so eine Verletzung zu drücken? Bist du total irre? So was kann zu einer Sepsis führen! Und die endet tödlich, wenn er nicht rechtzeitig ins Krankenhaus gebracht wird! Hast du das in der Schule nicht mitbekommen?«

Sie stutzt. Dann holt sie aus und donnert Kirsten die flache linke Hand ins Gesicht. Die schreit entsetzt auf.

Und sie sieht abermals Blut.

Das, das aus Kirstens aufgeplatzter Unterlippe tropft.

In ihrem Kopf dreht es sich.

Ihr wird schwindelig.

Sie stürzt aus dem Raum und kommt in der Küche zum Stehen, beide Hände in ihr krauses Haar gekrallt. Sie zerrt an den Strähnen, zerwühlt sie und schüttelt den Kopf. »Nein, nein, nein!« *Hier läuft was falsch!*

Wieso ist es jetzt doch wieder sie, die Angst hat? Die leiden muss? Nach allem, was sie durchmachen musste? *Gibt es denn gar keine Gerechtigkeit auf dieser Welt?* Sie lässt die Hände sinken, wird in ihren Bewegungen langsam, die Augen erstarren. Als wäre sie plötzlich zu einer Puppe geworden. *Also gut. Es geht offensichtlich nicht anders. Ich muss es tun …*

Sie setzt sich zeitlupengleich in Bewegung. Als müssten ihre Glieder erst wieder zu Leben erwachen. Sie geht, nein, sie schreitet ins Wohnzimmer zurück. Ihr Ziel: das Kaminbesteck.

»Lass mich was sagen, bitte«, hört sie Kirsten flehen.

Sie bleibt stehen, schließt die Augen und atmet mit weit geblähten Nasenflügeln ein. Dann dreht sie sich um.

Kirsten hat ihre Position verändert. Sie liegt jetzt seitlich mit dem Rücken gegen die Sofapolsterung gestützt. Ihr Kinn ist rot von dem Blut, das aus der Platzwunde an ihrer Unterlippe rinnt. »Lass uns das hier beenden, solange es noch geht«, redet sie beschwörend auf sie ein. »Dass mit Flo war ein Unfall. Wie Basti es schon gesagt hat. Daran besteht kein Zweifel, ich verstehe es jetzt auch. Also lass uns gehen. Bitte!« Kirstens Augen füllen sich mit Tränen. »Bringen wir Basti ins Krankenhaus und alles wird gut! Das verspreche ich dir.«

Sie blickt verständnislos auf Kirsten herab. Als hätte die in einer fremden Sprache zu ihr gesprochen. Dann hebt sie den Zeigefinger. Drohend. Die ohnehin kleinen Augen zu Schlitzen verengt. »DU versprichst es mir?«, schnappt sie zornestrunken. »DU? Und wer bist DU?«

»Ich …«

»GAR NICHTS! Du bist GAR NICHTS!« Ihre Wangen werden heiß. Ihre Schläfen pochen. »Und DU kannst mir GAR NICHTS garantieren! Genauso wenig wie ER!« Ihr ausgestreckter Finger schwenkt Richtung Basti. »Ich kenne euch! Ich weiß, wie ihr seid! Ihr wartet doch nur darauf, dass ich Schwäche zeige – und dann fallt ihr wieder über mich her und macht mich fertig! Genau wie damals!«

»Nein, wir …«

»SEI STILL!« Sie rammt Kirsten ihren Fuß in den Unterleib. Die ächzt, stöhnt und wimmert.

»Sobald ihr hier raus seid, werdet ihr mich verraten!«, brüllt sie noch immer haltlos. »Da mache ich mir keine Illusionen! Ich hätte nie wieder eine ruhige Minute, müsste jederzeit damit rechnen, dass die Polizei mich holt! Und dann bin es wieder ich, die herhalten muss! Der es schlecht gehen wird! Dabei seid IHR doch schuld! An allem!«

Sie bricht ab und starrt Kirsten böse an.

Im Raum ist es totenstill. Sekundenlang.

Bis Kirsten kaum hörbar haucht: »Du bist krank. Du brauchst Hilfe.«

»Nein, ihr seid krank!«, fährt sie erneut auf und fuchtelt wild mit den Händen umher. Als wolle sie Fliegen verjagen. »Ihr habt mich all die Jahre lang so sehr gequält, habt mir das Leben zur Hölle gemacht, seid auf mir herumgetrampelt …«

»Es tut mir leid!« Kirsten heult mehr, als dass sie schreit. »So unendlich leid! Das musst du mir glauben! Lass uns neu anfangen, über alles reden! Dann finden wir sicher eine Lösung!«

Sie sieht vollkommen ausdruckslos auf Kirsten herab und sagt mit klangloser Stimme: »Nein. Dafür ist es jetzt zu spät.«

Die Leidenschaften des Menschen sind wie der Wind für die Segelschiffe. Sie können ihn zerstören, aber ohne sie kann er nicht vorwärtskommen.

(Voltaire)

15

ZUR GLEICHEN ZEIT
IN BURG

Die Hände tief in den Taschen ihrer Jacke vergraben, stiefelt Frieda auf das rot gestrichene Gebäude zu. Sie drückt die Glastür mit der Schulter auf und grummelt vor sich hin: »Das alles kann unmöglich Zufall sein.« Seit ihrer Rückfahrt von der Wallhalbinsel geht ihr dieser Satz nicht mehr aus dem Kopf, wiederholt sich wie in einer Endlosschleife.

Es half nicht, beide Wagenfenster runterzulassen und für ordentlich Durchzug in der Fahrerkabine zu sorgen. Ebenso wenig gelang es Frieda, ihren Kopf zumindest ein wenig freizubekommen, indem sie das Autoradio auf ohrenbetäubende Lautstärke stellte. Sie hätte nicht einmal sagen können, welche Songs liefen. Die Musik verkümmerte zum groben Hintergrundgeräusch, während Frieda nicht aufhören konnte, sich das Hirn über diesen vermaledeiten Fall zu zermartern.

Da gibt es den Toten am Strand, in dessen Blut nicht nur jede Menge Alkohol gefunden wurde, sondern auch Reste des Schlafmittels, das sich in drei der von Frieda sichergestellten Schnapsfläschchen befand. *Drei präparierte Fläschchen, drei Vermisste. Der Erste ist bereits tot. Und die letzte Person, die alle drei lebend gesehen und vermutlich auch entführt hat, war als Weihnachtsengel getarnt. Ziemlich gerissen, das muss ich schon sagen.*

Frieda bleibt im Flur stehen und kneift die Augen zusammen. Als würde sie in grelles Sonnenlicht schauen. *Wie sollen wir diesen Weihnachtsengel bloß finden? Da hätten wir das Restaurant gleich von der Spurensicherung durchforsten lassen müssen, um wenigstens den Hauch einer Chance zu haben. Verdammt! Verdammt! Verdammt!* Sie schlägt die Fäuste gegeneinander. *Wer hätte denn ahnen können, was noch alles passiert. Kein Staatsanwalt hätte uns bei der anfänglichen Lage die Befugnis erteilt, den Laden zu filzen.* Sie legt den Kopf in den Nacken und starrt an die Decke, nach wie vor im Flur verharrend. *Und dann ist da noch diese Mütze, die ich am Strand gefunden habe. Und die es im dortigen Souvenirladen zu kaufen gab, ebenso wie die besagten Schnapsfläschchen. …Gut, die Mütze könnte auch irgendeine Touristin gekauft und beim Strandspaziergang verloren haben. …Unabhängig von diesen Fläschchen. Es gibt keine belastbare Verbindung! Jedenfalls habe ich bisher keine entdecken können.* »Ach, verflixt noch mal!«, ruft sie ärgerlich aus und fügt still hinzu: *Vergiss endlich die Scheißmütze!*

Sie stapft missmutig weiter und zieht die eingetütete Mütze aus der Jackentasche, während sie sich hinter den Polizeitresen begibt. Am Papierkorb bleibt sie stehen und lässt die Mütze hineinfallen, hat soeben entschieden, sie nicht erneut ans Kieler Labor zu senden. *Die denken doch, ich hab 'nen Hau, wenn ich denen das Ding erst schicke, damit sie's untersuchen, am nächsten Tag aber gleich wieder abhole und dann doch wieder schicke!*

Klaus beobachtet Frieda die ganze Zeit über verwundert. Und kauend. Er verzehrt ein Lachsbrötchen. Zwiebelgeruch hängt in der Luft. Frieda bemerkt es nicht. Ebenso wenig achtet sie auf Klaus, der mit fragendem Blick verfolgt, wie sie an ihren Schreibtisch gleitet, geistig in die Gespräche vertieft, die sie auf der Wallhalbinsel geführt hat.

An den Verkauf einer größeren Menge »Frecher Möwen« konnte sich auch in dem Souvenirladen am Südstrand keine der Verkäuferinnen erinnern. *Was nichts heißen muss,* denkt sich Frieda, während sie sich ihrer Jacke entledigt. *Sagt doch niemand, dass sich unser geheimnisvoller Weihnachtsengel die Schnapsfläschchen alle auf einmal besorgt haben muss.*

»Es gibt übrigens einen neuen Vermisstenfall«, platzt Klaus in Friedas Überlegungen wie eine Nadel in einen prall gefüllten Ballon.

»Was?« Ihre Jacke rutscht vom Stuhl, fällt auf den Boden. Frieda bekommt es nicht mit. Sie fixiert

Klaus, als müsse sie prüfen, ob es sich tatsächlich um ihren Kollegen handelt oder eine Fata Morgana.

»Da rief eben einer an«, berichtet er mit vollem Mund. »Vermisst seine Mutter. Die würde seit Tagen nicht ans Telefon gehen und …«

»Seit Tagen?«, fällt Frieda ihm ins Wort. »Und da ruft der heute erst an? Wie viele Tage sind es genau?«

Klaus, sichtlich überfordert mit der Doppelfrage, kaut erst einmal weiter und beißt neu ab, bevor er nuschelt: »Er hat was von Sonntag gesagt, glaube ich. Moment, ich muss mal in meine Notizen schauen.«

»Was hast du unternommen?«, fragt Frieda in einem schärferen Ton als beabsichtigt.

Klaus hält in der Kaubewegung inne und sieht sie überrascht an. »Unternommen? Noch gar nichts, ich wollte erst mit dir sprechen.«

Frieda bläst sich eine Strähne aus dem Gesicht. Sie muss um ihre Fassung ringen, würde Klaus jetzt am liebsten die Reste seines Lachsbrötchens aus der Hand schlagen. *Wenn der abends nach Hause kommt und eine Leiche auf seinem Sofa findet, hockt er sich wahrscheinlich erst mal dazu und macht den Fernseher an!*

»Die Vermisste ist nicht von hier«, berichtet Klaus ungerührt weiter. Friedas feindseligen Blick registriert er offenbar nicht. »Ganz komische Sache. Die wollte eine Woche Urlaub in einem Ferienhaus am Strand machen und …«

»Zu der Jahreszeit?« Frieda zieht die Brauen hoch. »Da ist doch eher Wellness angesagt, werden Zimmer in den entsprechenden Hotels gebucht …«

»Genau«, fährt Klaus ihr über den Mund und verschluckt den letzten Brötchenbissen. »Der Sohn und auch der Mann waren ebenfalls sehr verwundert. Schließlich geht die Frau ja nicht fischen oder so. Doch sie ließ sich nicht abbringen, wollte nichts von anderen Reisezielen hören und außerdem unbedingt mal ganz für sich sein, hieß es.« Er nickt bedächtig. »Klingt nach einer schweren Ehekrise, wenn du mich fragst.«

Oder Lebenskrise, denkt Frieda und erinnert sich an eine kurze Zeit aus ihrer Jugend, in der sie allem und jedem misstraute, kaum sprach und sich am liebsten in ihrem Zimmer einigelte. Da war sie vierzehn oder fünfzehn. Zum Glück ging diese düstere pubertäre Phase schnell wieder vorüber.

»Hat der Anrufer denn etwas von einer Krise erwähnt?«, will sie wissen und realisiert ein ungutes Gefühl, das sich aus einem ihr unerklärlichen Grund in ihr breit macht wie zähflüssiger Schleim.

»Ich bin behutsam vorgegangen und habe erst einmal eine Midlife-Crisis ins Spiel gebracht.« Klaus blickt Frieda stolz an. Als hätte er gerade eine Medaille verliehen bekommen. »So hätte er's nicht ausgedrückt, war die Antwort des Sohnes. Wirklich ausgeschlossen hat er's aber auch nicht«, redet sich Klaus in Fahrt. »Die Frau, also seine Mutter, wäre zwar durchaus eine starke und durchsetzungsfähige Person. Sie hätte in letzter Zeit aber auch instabile Phasen gehabt.«

»Die sich wie äußern?«

Klaus holt schnaufend Luft. »Sie hätte dann stundenlang in einem stockdunklen Raum gehockt. Angeblich schwere Migräne-Anfälle. Sagt sie«, fügt er stirnrunzelnd hinzu.

»Angeblich?« Das ungute Gefühl droht Frieda von innen heraus zu fluten. Ihr Herz schlägt deutlich zu schnell. *Instabile Phasen, das erinnert mich an was. Etwas, das mit dem Vermisstenfall rund um diesen Weihnachtsengel zusammenhängt. Aber was ist es … was ist es …*

Klaus wiegt den massigen Kopf hin und her. »Die zwei Männer wundert es, dass sie kein einziges Medikament gegen Migräne im Haus hat. Zurecht, oder? Müssen schlimme Schmerzen sein, da wirft man sich doch was gegen ein, würde ich mal sagen.«

Frieda schaut an Klaus vorbei, nagt an zwei Fingernägeln. »Da müssen wir in jedem Fall sofort tätig werden«, murmelt sie. »Irgendwas stimmt da nicht, das ist schon mal klar.« Sie nimmt ihren Kollegen ins Visier. »Ihr letzter bekannter Aufenthaltsort?«

»Das Ferienhaus am Strand. Habe ich doch schon gesagt«, antwortet Klaus gleichmütig. »Eine Villa Küstenwind«, liest er von einem Blatt Papier ab. Offensichtlich befinden sich die Notizen darauf, die er sich während des Telefonats gemacht hat. »Hat sie von privat gemietet, sagt der Sohn.«

»Und wo genau liegt die, diese Villa?« Frieda greift nach einem Kugelschreiber, spielt nervös damit herum.

Klaus blickt auf. »Das ist es ja. Ich habe mal nachgeschaut. Das ist keine Villa, sondern ein einsames Häuschen. Am Südstrand.«

»Was?« Frieda fällt der Kugelschreiber aus der Hand. Als hätte sie sich gerade daran verbrüht. »Etwa dort, wo die Leiche gefunden wurde?«

»In der Nähe, ja. Deshalb habe ich auf dich gewartet, bevor ich was mache. Kann doch sein, dass das alles irgendwie zusammenhängt, oder nicht? Das mit dem Toten, den anderen Vermissten und dieser Frau hier, meine ich. Schließlich ist es ja nicht so, dass auf unserer Insel ständig ein Besucher verschwindet. Und schon gar nicht in der Mehrzahl. Ich kann mich nicht erinnern, wann wir das letzte Mal so etwas erlebt …«

»Wie viel Distanz liegt zwischen der Leichenfundstelle und dieser Villa Küstenwind?«

»Muss ich nachschauen. Sekunde …« Klaus kramt.

Frieda schaut mit zuckendem Augenlid zu. »Wie lautet der Name der Vermissten?«

Klaus zieht erneut das Papier vor, von dem er eben abgelesen hat und fährt mit dem Finger drüber. »Ah, hier hab ich's. Elsa Riedel heißt die«, verkündet er sachlich. Doch in Friedas Gehörgang dröhnt es, als hätte ein Donnergott gegrollt.

16

PARALELL DAZU
IN DER VILLA KÜSTENWIND

Ich kann nicht länger warten, ich muss endlich handeln!

Sie schnappt sich die Rolle mit dem Klebeband vom Couchtisch, stürzt auf Kirsten zu und verschließt ihr den Mund. Mit mehreren abgerissenen Streifen. Sie blickt sich hektisch um, streicht sich die krausen Strähnen aus der Stirn und dreht sich mehrmals um sich selbst. Dann rennt sie zur Tür, reißt sie auf und sprintet zum Schuppen rüber, durchwühlt im Halbdunkel alles, bis sie Draht in den Händen hält. Verzinkten Gartendraht. Ordentlich gewickelt. Und noch unbenutzt.

Das Fundstück in der rechten Hand, flitzt sie zum Häuschen zurück. Die Spätnachmittagssonne leuchtet nur noch schwach, steht in einem verwaschenen Rot am Himmel. Der Wind frischt auf und lässt die Wellen am Strandufer immer mehr Fahrt aufnehmen.

Sie stößt die angelehnte Tür auf, tritt in den Flur – und bleibt stehen wie gegen eine massive Wand geprallt. Ein schriller Wutschrei löst sich aus ihrer Kehle.

Kirsten hat es gewagt, über den Dielenboden in Richtung Tür zu robben.

Sie packt die Füße der Gefangenen, den Gartendraht weiterhin in der Hand, und zerrt Kirsten unsanft zurück in den Raum. Sie richtet sich auf und fummelt am Draht herum. Knurrt unwillig. Sie rennt in die Küche, reißt eine Schublade auf, holt eine große Schere heraus und schneidet den Draht auf. Irgendwo. Hauptsache, sie kann sich ein längeres Stück abschneiden.

Mit dem Stück Draht in der Hand springt sie zurück zu Kirsten, beugt sich zu ihr hinab, legt ihr den Draht um den Hals und fängt an, ihn zuzuziehen. Kirsten gibt gurgelnde Geräusche von sich, die Augen tellerweit aufgerissen.

Sie will fester ziehen.

Doch sie schafft es nicht.

Kirstens von Todesangst geprägter Blick lähmt sie, schnürt ihr selbst die Luft zum Atmen ab.

Sie lässt los, angelt sich die Rolle mit dem Klebeband, reißt erneut ein großes Stück ab und drückt es Kirsten über die Augen. Dann packt sie die Drahtenden und zieht sie wieder zu. Jedoch nicht fest genug. Kirstens Röcheln ist noch immer zu hören.

Sie heult auf wie ein getroffenes Tier, schlägt Kirsten die geballten Fäuste auf die Brust. Mit hochroten Wangen und pochenden Schläfen wendet sie sich Basti zu.

Der rührt sich nicht.

Sie hechtet hin, legt ihm den Draht um den Hals und zieht. Bastis Augenlider beginnen zu flattern. Sie lässt abermals los. Als befürchte sie einen elektrischen Schlag.

Sie presst die Hände vors Gesicht, die Augen geschlossen, sieht tiefste Schwärze. In ihrem Inneren wechseln sich Ströme aus Hitze und Eiseskälte ab.

Sie schafft sich mühselig auf die Füße, hat kaum Kraft, kommt sich vor, als hätten sich ihre Muskeln verflüssigt.

Wieso kann ich es nicht einfach tun?

Sie stolpert erneut in Richtung Tür, fällt mehr nach draußen, als dass sie geht. Das winterliche Sonnenlicht verblasst zusehends. Himmel und See verschwimmen zu einem diffusen Grau in Grau. Von fern rotiert das Licht eines Leuchtturms, bricht sich in der diesigen Luft.

Sie sinkt auf die Knie, bleibt auf den feuchtkalten Steinen hocken, die den Eingangsbereich des Häuschens säumen.

Soll es tatsächlich so kommen, dass sie wieder die Dumme ist?

Dass sie allein den Preis für alles bezahlt?

Ein weiteres dunkles Erlebnis aus der Schulzeit kriecht aus dem Hort ihrer Erinnerungen empor wie ein schleimiger Wurm.

Es war kurz vor Ende der ersten Pause, jeden Moment würde es läuten. Doch sie musste dringend auf die Toilette, rannte, schaffte es gerade noch so in die Kabine. Alles war ruhig. Die anderen Schülerinnen waren sicher längst in den Klassenzimmern. Plötzlich hörte sie jedoch Schritte. Und Kichern. Dann rumorte es von außen an der Kabinentür. Dort, wo die Türklinke war. Sie saß reglos auf der Toilettenschüssel und schwitzte. Vor Angst. Hämisches Lachen schallte durch den Raum. Sie blickte nach unten, mit rasendem Herzen – und sah die Spitzen pinkfarbener Turnschuhe. Sie kannte nur eine Person, die Schuhe in dieser Knallfarbe trug. *Kirsten* … Wer die anderen Mädchen waren und wie viele, konnte sie nicht ausmachen. Dann entfernten sich die Schritte. Das Lachen verstummte. Sie wagte, sich von der Toilettenschüssel zu erheben, zog sich an und wollte hinaus. Rüttelte an der Türklinke. Doch die ließ sich nicht bewegen. Kalter Schweiß trat ihr aus allen Poren. Sie war gefangen. Und blieb es. Kirsten kam in jeder Pause wieder, wenn andere Schulmädchen die sanitären Anlagen aufsuchten, und versprach ihr, sie rauszulassen, wenn sie sich still verhielt. Wenn nicht, würde sie auf dem Nachhauseweg abgepasst und ganz schlimme Prügel beziehen. Davor hatte sie eine Heidenangst. Also wagte sie keinen Mucks und wartete, bis Kirsten sie endlich rausließ. Am Ende des Schultages. Wegen des Schwänzens von vier Schulstunden kassierte sie einen Eintrag ins Klassenbuch. Und ihre Eltern bekamen einen blauen Brief, weil sie versetzungsgefährdet war, sich wegen der ständigen Angst nicht mehr auf den Unterricht konzentrieren konnte.

Das da drin – das sind keine Unschuldigen! Spielt es denn gar keine Rolle, wie sehr ich wegen denen leiden musste? Interessiert es niemanden, wie es mir dabei ging? Was ich erdulden musste? Was ich mir anhören musste? Wieder und wieder? Und das jahrelang? Sollen die damit einfach so durchkommen?

»NEIN!« Sie schreit es so laut hinaus, dass sie selbst zusammenzuckt. *Also nimm dich zusammen*, befiehlt sie sich stumm und erhebt sich langsam. *Du gehst jetzt da rein und erledigst es. Es geht jetzt nicht mehr anders …*

Ein Kreischen katapultiert sie aus ihrem Gedankenfluss. Sie blickt erschrocken auf und sieht eine dicke Möwe, wie sie Richtung See davonfliegt. Sie wendet den Kopf nach rechts zum Schuppen. *Das alte Ruderboot. Genau!*

Warum es nicht noch einmal so machen wie mit den Sachen, die zu ihrer Verkleidung als Weihnachtsengel gehörten? Und die beiden Geiseln, die sie früher so sehr peinigten, auf die gleiche Art loswerden? *Das wäre das Sicherste. Die Leichen auf dem Grund der See …*

Ihre Gedanken rasen.

Sie hat noch genügend Schlafpulver, muss die beiden nur ausreichend betäuben. *Dann spüren sie es noch nicht einmal, wenn sie ertrinken …*

Sie zuckt zusammen bei der Vorstellung, wie die leblosen Körper ins Wasser hinabsinken und von der Dunkelheit verschluckt werden. *Aus dem Leben gerissen. Getötet, umgebracht. Kann ich das wirklich machen?*

Sie schlägt die Hände vors Gesicht und schluchzt laut auf. *Was ist nur aus mir geworden?* Hinter ihren geschlossen Lidern sammeln sich Tränen.

Und dann tauchen Bilder auf, treiben nach oben auf den Schirm ihrer Wahrnehmungen wie die Kadaver von Fischen.

Es sind scheußliche Bilder, die zeigen, wie sie zusammengekrümmt auf einem Stück Wiese nahe dem Schulgelände liegt.

Es war an irgendeinem Mittag, kurz nach Unterrichtsende. Sie war auf dem Nachhauseweg, als Basti und Flo ihr in den Weg sprangen, sie auf die Wiese zerrten und zu Boden drückten. Basti hielt ihren Arm auf dem Rücken verdreht, sodass jede Bewegung höllisch schmerzte. Sie lag reglos da, die Augen geschlossen und betete, dass alles ganz schnell gehen würde, was immer die beiden auch mit ihr vorhatten. Als Nächstes spürte sie etwas Warmes auf ihrem Kopf. Etwas Warmes und übel Riechendes. »Ey, pass gefälligst auf, dass du nicht daneben pisst!«, grölte Basti, damals gerade im Stimmbruch.

Der Satz hallt durch ihren Schädel wie ein unheilvolles Echo. Sie reißt die Hände runter, Zornestränen in den Augen. Sie starrt in die Dämmerung, die mit jeder Minute mehr und mehr in einen finsteren Himmel übergeht. *Sobald es richtig dunkel ist, kann es losgehen: die betäubten Körper ins Boot laden, mit etwas beschweren, rausrudern – und ab in die Tiefe!*

Sie tritt unruhig von einem Bein aufs andere. Weil sie noch warten muss, bis sie in Aktion treten kann. Es ist zwar nicht mehr taghell, doch sie braucht den Schutz der Dunkelheit, hofft auf wenig Mondlicht und einen sternenlosen, von Wolken verhangenen Nachthimmel.

Sie dreht sich um und verzieht keine Miene, als sie sich der Tür zuwendet und ins Häuschen begibt. Für ihre Gefangenen hat sie keinen Blick. Sie läuft schnurstracks in die Küche, befüllt zwei Gläser mit Wasser und geht dann ins Schlafzimmer, wo ihre Handtasche liegt. Sie öffnet sie und holt das Schlafpulver heraus, in Gedanken fest bei ihrem Plan. *Ich werde zweimal rausfahren. Beide gleichzeitig schafft das Boot nicht. Und wenn das erledigt ist, räume ich spurlos das Feld und fahre nach Hause. Als wäre nichts gewesen …*

Die Hoffnung ist der Regenbogen über dem herabstürzenden Bach des Lebens.

(Friedrich Nietzsche)

17

ZUR GLEICHEN ZEIT
IN BURG

Elsa Riedel …

Frieda klickt sich durch die Dokumente auf ihrem Computer, sucht ihre Notizen, die sie sich während ihres letzten Telefonats mit Charlotte Zauner gemacht hat. Sie entdeckt die passende Datei, öffnet sie – und glaubt es nicht: Da steht nur ein Name. Sonst nichts. *Das darf doch …*

»Ich mach dann mal Feierabend«, hört sie Klaus sagen, nimmt seine Stimme aber kaum wahr. Als säße der Kollege hinter einer dicken Glaswand.

Heiner Eisler, ihrer beider Chef, hat die Polizei-Zentralstation schon um die Mittagszeit verlassen, er ist auf irgendeiner wichtigen Sitzung. Frieda hatte nur mit halbem Ohr hingehört, als Klaus ihr mitteilte, um was es da genau geht.

Elsa Riedel war die Außenseiterin in der Schulklasse. Und selbst daran schuld, weil sie der Typ Heulsuse war, hat die Zauner gesagt. Wer schnell weint, ist unbeliebt, oder was? Versteh ich nicht … und jetzt ist ausgerechnet Riedel diese neue Vermisste? Frieda fixiert das fast leere Dokument, als würden dort jeden Moment die Antworten auf ihre Fragen sichtbar werden. *Laut Sohn und Ehemann ist Riedel aber keine Heulsuse, sondern eine taffe Frau! Also das ganze Gegenteil von dem, was die Zauner skizzierte … wobei es da jedoch auch diese instabilen Phasen gibt. Und das bedeutet jetzt – was?*

»Schönen Abend dann«, versucht Klaus nochmals, Friedas Aufmerksamkeit zu gewinnen. Er bereut es im nächsten Moment.

»Bleib hier!« Die Hand hoch erhoben, winkt sie ihn zurück, während sie noch immer wie gebannt auf das fast leere Bildschirmdokument starrt.

»Was gibt's denn noch?«, brummelt Klaus vor sich hin und bleibt vor dem Polizeitresen stehen.

Frieda antwortet nicht. In ihrem Kopf gärt es wie in einem frisch angesetzten Bierfass nach Hinzufügen der Hefe. Ihr ist bewusst, dass sie objektiv nichts in der Hand hat, was Elsa Riedel zu einer Verdächtigen in Sachen Weihnachtsengel macht. Doch wenn ihre Intuition schreien könnte, müsste sie sich jetzt dringend die Ohren zuhalten.

Sie springt auf, hechtet zum Papierkorb und fischt die Plastiktüte mit der grünen Mütze heraus. *Elsa Riedel wohnt seit drei Jahrzehnten in Hamburg*, erinnert sie sich aus dem Telefonat mit Charlotte Zauner. *Riedel geht in den Souvenirladen und kauft eine löchrige Strickmütze als Schutz vor dem rauen Seewind. Das ist doch typisch Städter*, spinnt sie sich zurecht – wohlwissend, dass genau diesen Kauf auch eine beliebige andere Touristin getätigt haben könnte.

Sie greift sich einen großen Briefumschlag, schreibt die Adresse des Kieler Labors drauf, tütet die Mütze ein und tippt ein kurzes Anschreiben, in dem sie um eine DNS-Analyse bittet. *Beweisstück Nr. 1! Falls ich richtig liege …*

Klaus steht noch immer vor dem Polizeitresen, den linken Arm aufgestützt, und schaut ihr mit halb geöffneten Augen zu.

Frieda druckt ihr Anschreiben aus, steckt es mit in den großen Briefumschlag, verschließt ihn und läuft damit zu ihrem Kollegen. »Das hier muss so schnell wie möglich zurück nach Kiel.«

Klaus schaut den Briefumschlag an und kratzt sich am linken Ohr. »Dann brauchen wir einen Kurier. Die Post heute ist schon durch.«

»Kümmere dich darum!«, fordert Frieda ungeduldig. »Es ist wichtig!«

Klaus seufzt und schlappt wieder hinter den Polizeitresen, motiviert wie ein Faultier im Winterschlaf.

Frieda tigert unruhig durch den Raum, die Fingerspitzen an die Schläfen gelegt. *Elsa Riedel sei kein sehr schönes Kapitel, sagte die Zauner. Eine Heulsuse ohne Schneid … warum wird sie so abfällig beschrieben? Was war der Grund, dass Riedel so unbeliebt war?*

Sie stößt sich das Knie an der Schreibtischecke und spürt es nicht mal, zieht weiter ihre Kreise. Sie hört auch nicht, wie Klaus telefoniert. Am Fenster bleibt sie stehen und schaut raus, ohne etwas zu sehen, was nicht weiter verwunderlich ist, da es bereits dunkel geworden ist. *Wer weiß, was die anderen mit ihr gemacht haben. Niemand weint grundlos. Und Kinder sind manchmal sehr grausam … nie verheilte innere Wunden … die durch die Nachricht eines bevorstehenden Klassentreffens wieder aufrissen. Kann das sein?*

Frieda kaut am Nagelbett ihres rechten Zeigefingers. *Und kann es sein, dass so jemand einen eiskalten Plan schmiedet, um es den einstigen Peinigern mal so richtig heimzuzahlen?*

»Ja!«, schreit ihre Intuition. »Und eine der Zielpersonen ist bereits tot!«, fügt sie ebenso laut hinzu.

Friedas linkes Augenlid zuckt. *Aber ist für so jemanden Mord tatsächlich eine Option? Für jemanden ohne Schneid? Oder mit instabilen Phasen? Für so eine Tat braucht es doch starke Nerven, Kühnheit, Abgebrühtheit …*

Sie spürt, wie ihre Mundhöhle trocken wird. *Was sind das für Fragen, Lieken? Florian Brandt starb an einem toxischen Gemisch aus zu viel Alkohol und diesem Schlafmittel aus den gepanschten Schnapsfläschchen.* »Ja, aber wieso muss Elsa Riedel was damit zu tun haben?«, murmelt sie in ihre Gedanken hinein. »Kann doch Zufall sein, dass sie sich auch gerade hier auf Fehmarn aufhält …«

Mach dich nicht lächerlich, Lieken! Zufall? Ernsthaft? Was, wenn Elsa Riedel der Weihnachtsengel ist? Was, wenn sie gerade in dieser merkwürdigen Villa am Südstrand hockt und dabei ist, die anderen beiden Vermissten zu beseitigen?

Friedas Herz schickt sich an, Purzelbäume zu schlagen. Hinter ihren Schläfen hämmert es. »Was vergebe ich mir, wenn ich rausfahre und mir Gewissheit verschaffe?«, fragt sie sich laut.

Sie wendet sich vom Fenster ab, blickt auf ihre Smartwatch und überlegt fieberhaft weiter. *In Lübeck haben sie jetzt auch schon Feierabend. Wenn ich Martin anrufe, dauert es locker anderthalb Stunden, bis er hier ist. Wenn er gut durchkommt. Nein, solange kann ich nicht warten!*

»Klaus, du musst hier noch eine Weile die Stellung halten«, ruft sie ihrem Kollegen zu, der just in dem Moment den Telefonhörer auflegt. Sie schnallt sich den Holster mit ihrer Dienstwaffe um und schlüpft in ihre Jacke.

»Grund Gütiger! Was ist denn nun los?« Klaus starrt sie mit heruntergeklappter Kinnlade an.

»Ich muss noch mal raus zum Südstrand«, verkündet sie ihm. »Ich habe da einen Verdacht, was unsere neue Vermisste betrifft. Ich denke, ich weiß jetzt, wer dieser Weihnachtsengel ist.«

»Wer denn – etwa diese Elsa Riedel?«

Frieda nickt mit düsterer Miene.

»Und da willst du allein los?«, Klaus blickt ihr zweifelnd entgegen. »Hältst du das für klug?«

Keine Ahnung. »Es muss sein«, erklärt sie ihm mit fester Stimme. »Für einen Großeinsatz habe ich kein hinreichendes Verdachtsmoment. Doch wer weiß, was da gerade vorgeht. Elsa Riedel ist nämlich ebenfalls eine Schulkameradin der Leute von diesem Klassentreffen, bei dem die anderen drei verschwunden sind.«

»Aber teilgenommen hatte sie nicht?«, will Klaus wissen, den massigen Oberkörper vorgeneigt.

»Nein, das hat sie nicht«, entgegnet Frieda und zieht schon mal den Autoschlüssel aus der Jackentasche. »Sie war nicht gerade beliebt, wie es scheint.«
Im Gegenteil …

»Na, dann ist's ja kein Wunder.« Klaus lehnt sich wieder zurück, die Arme vor der Brust verschränkt. »Da hätte ich an ihrer Stelle auch keine Lust auf ein Wiedersehen gehabt.«

»Richtig. Die Frage ist aber, wieso hält sie sich zum Zeitpunkt des Klassentreffens dann trotzdem hier auf Fehmarn auf? Wo sie Gefahr läuft, einem der anderen unverhofft über den Weg zu laufen? Ich meine, wenn sie an dem Klassentreffen nicht teilnehmen wollte, bedeutet das doch, dass sie niemanden von denen damals sehen wollte. Wieso begibt sie sich dann ausgerechnet zum Zeitpunkt des Treffens an denselben Ort?« Frieda lässt die Hände gegen die Seiten prallen.

»Hm.« Klaus schabt sich das Doppelkinn. »So klein ist Fehmarn nun auch wieder nicht, dass sie zwingend einem ihrer alten Schulkameraden hätte begegnen müssen.«

»Kann natürlich Zufall sein, dass sie hier ist, das habe ich mir auch überlegt. Glaube ich aber nicht.

Frag mich bitte nicht, warum.« Frieda läuft rückwärts Richtung Ausgang, während sie weiterspricht. »Wenn mein Verdacht richtig ist und Elsa Riedel hinter dem ganzen Szenario rund um diesen Weihnachtsengel steckt, ist die Frau brandgefährlich. Da zählt jede Minute! *Falls die anderen beiden überhaupt noch leben …*

»Gerade deshalb halte ich es für keine gute Idee, dass du allein losziehst.« Klaus stemmt sich aus seinem Stuhl. »Also komme ich mit.«

»Nein, du bleibst hier!«, kommandiert Frieda forsch und streckt den Zeigefinger in Richtung ihres Kollegen aus. »Das Risiko ist minimal, sie rechnet ja nicht mit mir. Außerdem kann ich mich als verirrte Touristin ausgeben, wenn ich allein bin. Wer weiß, ob ich sie überhaupt noch antreffe. Florian Brandts Leiche wurde am Dienstag gefunden, und heute ist schon Donnerstag. Gut möglich, dass sie längst abgetaucht ist und ihre Familie sie deshalb nicht mehr erreichen kann.«

Klaus wird blass. »Du denkst also, dass sich in dieser Villa am Südstrand noch zwei weitere Leichen befinden?«

Wenn wir Pech haben, denkt sie, sagt aber: »So schwarz will ich es jetzt nicht gleich sehen.«

»Ja, aber …«

»Du hältst dich in Bereitschaft und schickst mir schnell Verstärkung, falls nötig«, schneidet sie Klaus das Wort ab und huscht aus der Tür.

18

AM NOCH FRÜHEN ABEND
IN DER VILLA KÜSTENWIND

Sie liegt auf der Couch, schweißüberströmt, fühlt sich völlig ausgelaugt. Der Kampf mit Basti hat ihr alles abverlangt.

Mit Kirsten hatte sie leichtes Spiel gehabt. Es war nicht weiter schwer gewesen, ihr das Glas Wasser mit dem Schlafpulver einzuflößen: Sie schleifte sie an den Füßen zur Wand rüber und drückte ihren Oberkörper aufrecht dagegen. Viel Gegenwehr kam nicht. Wie auch, wog Kirsten doch deutlich weniger als sie, hatte kaum Muskeln und war durch die Mangelernährung der letzten Tage zusätzlich geschwächt.

Sie hatte angewidert das Gesicht verzogen, als sie ihrer Gefangenen mehrere Minuten lang sehr nahe kommen musste, weil diese mittlerweile ziemlich müffelte.

Kirsten dachte zunächst wohl, dass es sich um die übliche Fütterung handele, als sie ihr das Wasserglas mit dem Schlafpulver an die Lippen hielt. Doch dann wollte sie auf einmal doch nicht trinken, schüttelte wie eine Wilde den Kopf und gab unmenschlich klingende Laute von sich, hörte sich an wie ein kranker Vogel.

Was es war, dass Kirstens Misstrauen erregte, konnte sie nur raten. Möglicherweise fiel ihr auf, dass die Flüssigkeit deutlich trüber aussah als sonst. Spielte aber keine große Rolle. Sie schlug Kirsten zweimal kräftig ins Gesicht, sodass die kaum noch wusste, wo ihr der Kopf stand. Dann riss sie Kirstens Schädel ruckartig nach hinten, sodass sie laut stöhnte. Die linke Hand ans Kinn ihrer Gefangenen gekrallt, damit diese den Mund nicht mehr zubekam, schüttete sie ihr den Inhalt des Glases in mehreren Schüben in den Rachen. Kirsten hustete, röchelte, spuckte, konnte aber nicht anders als eine ausreichende Menge zu schlucken.

Seither lag sie vorne an der Tür, im komatösen Schlaf und bereit zum Abtransport.

Ihr Blick fiel auf Basti, der im gleichen Zustand danebenlag. Ihr Puls beruhigte sich nur langsam. Ihre Arme fühlten sich noch immer wie Pudding an. Die Wunde unter ihrem linken Auge brannte höllisch.

Nein, mit Basti hatte sie es alles andere als leicht gehabt. Zu ihrer großen Überraschung, machte er zunächst doch einen völlig apathischen Eindruck auf sie. Wie ein nasser Sack ließ er sich über den Dielenboden ziehen. Es kam auch keine Gegenwehr, als sie ihn halb aufrichtete und gegen die Wand drückte. Seine Lider flatterten, es schien, als sei er kaum bei Bewusstsein.

Weit gefehlt.

Als sie ihm das Klebeband vom Mund abriss, griff er ohne Vorwarnung an. Hackte seine Schneidezähne in ihre Wange. Biss sich fest. Sie schrie, wollte ihn wegschieben, hatte jedoch keine Chance. Unglaublich, wie viel Kraft dieser Kerl in seinen Kiefern hatte. Erst als sie es irgendwie schaffte, mit ihrem linken Fuß auf die Wunde an seiner Wade zu treten, ließ er endlich los, und sie taumelte zurück. Geschockt. Und von dem rasenden Schmerz in ihrem Gesicht gepeinigt.

Das Wasserglas war zu Bruch gegangen, lag in Scherben auf dem Boden. Noch wie benommen torkelte sie in die Küche, mixte einen neuen K.o.-Drink und hörte, wie Basti krakeelte. Er schrie wie ein Besessener. Was er von sich gab, drang dennoch nicht zu ihr durch.

Mit dem neuen Glas in der Hand und das warme Blut spürend, das an ihrer Wange hinabrann, ging sie abermals auf ihren sich wie toll gebärdenden Gefangenen zu. Basti wand sich, wirkte beweglich wie eine Schlange. Und er schrie weiterhin. Tobte. Sie sah sein hassverzerrtes Mienenspiel, nahm es jedoch nicht zur Kenntnis. Ebenso wenig wie den Inhalt seiner Worte.

Für sie waren es Laute. Beliebige Laute einer beliebigen Kreatur.

Sie fackelte nicht lange und stieg abermals auf seine Wunde. Mit Wucht. Basti jaulte auf. Sie blieb auf der Wunde stehen, beugte sich zu ihm hinab, packte sein Kinn, drückte es nach oben und gleichzeitig seinen Kopf an die Wand und flößte ihm die trübe Flüssigkeit ein.

Basti musste schlucken.

Wenn er wollte, dass der Höllenschmerz an seiner Wade nachließ.

Wenig später sackte er in sich zusammen. Wie eine Plastikpuppe, aus der jemand die Luft herausließ.

»Na, geht doch«, hatte sie triumphiert, nachdem sie auch ihn zum Abtransport nach vorne zur Haustür geschleift hatte, und sich dann ächzend aufs Sofa fallenließ.

Sie richtet sich langsam wieder auf, mit der Geschmeidigkeit einer uralten Frau. Das Blut auf ihrer Wange ist inzwischen eingetrocknet. Die Wunde schmerzt kaum noch. Sie überlegt, ins Bad zu laufen und in den Spiegel zu sehen, lässt es aber bleiben. *Dazu ist jetzt keine Zeit!*

Sie tappt ungelenk durchs Haus, blickt sich suchend um, reißt Schranktüren auf und Schubladen. Wird immer hektischer. *Scheiße, scheiße, scheiße!* Sie fasst sich mit beiden Händen ins Gesicht und zuckt zusammen, als sie mit den Fingern in die frische Bisswunde gerät. *Ich brauche irgendwas Schweres …*

Sie rennt in die Küche, holt Töpfe und Pfannen hervor, prüft jeweils das Gewicht und lässt alles an Ort und Stelle fallen. Ein schriller Aufschrei, gespeist aus Wut und Frust, entfährt ihrer Kehle. Weil sie nicht findet, was sie braucht.

Der Schuppen!

Sie hechtet zur Haustür und zerrt sie auf. Finsternis empfängt sie. Sie macht kehrt, holt ihr Handy vom Nachttisch, aktiviert die Taschenlampenfunktion und rennt wieder los.

Im Schuppen angelangt, leuchtet sie alles ab, inspiziert jeden greifbaren Gegenstand.

Alte Klappstühle – *nein, Plastik schwimmt oben.*

Ein einzelner Gummistiefel – *zu leicht.*

Eine lange Holzlatte – *zu sperrig.*

Kisten mit Dämmmaterial – *auch ungeeignet.*

Der Lichtstrahl aus ihrem Handy fährt außerdem über altes Tau, eine kaputte Hundeleine, löchrige Decken, einen gammeligen Rucksack und weiteren Kleinkram, der ihr absolut nichts nützt. Es scheint so, als würden sämtliche Gäste der Villa Küstenwind ihren nicht mehr benötigten Krempel in diesem Schuppen abladen.

Ein altes Ofenrohr kommt ihr in den Blick. Sie nimmt es und betrachtet es länger, bis sie es schließlich auch wieder zurücklegt. Sie sinkt in die Hocke, fühlt sich kraftlos und leer. *Das alles, das ist doch Wahnsinn …*

Das Handy mit der Leuchtfunktion Richtung Boden haltend, kauert sie in fast kompletter Dunkelheit.

Nein, ich kann das sowieso nicht tun. Ich habe keine Wahl, ich muss die beiden freilassen. Es ist bereits alles gepackt und verladen. Wenn ich sofort losfahre, habe ich sicher genügend Vorsprung … Sie kann nicht weiterdenken, weil ihr plötzlich schwindelig wird. Sie verliert den Halt, wäre fast zur Seite gekippt. Sie plumpst schwer auf ihren Hintern – und vor ihrem inneren Auge manifestiert sich ein Bild. Es zeigt sie, wie sie auf einer Pritsche in einer Gefängniszelle sitzt, gekleidet in einen labberigen, orangefarbenen Overall.

Das Bild wirkt auf sie wie ein Stromschlag.

Alles in ihr bäumt sich auf.

»Nein, ich werde nicht diejenige sein, die büßt!«, heult sie mehr, als dass sie brüllt.

Das Bild aus der Gefängniszelle verblasst, jetzt sieht sie sich, wie sie damals auf ihrem Bett lag und die leeren Seiten eines Buchs füllte. Es hatte einen düsteren Einband. Die Farbgebung erinnerte sie an ein Höhlenloch, aus dem jeden Moment ein Monster emporschießen konnte. Dennoch hatte sie es sich ausgesucht und später »das Gift Buch« getauft.

Die Wangen des hässlichen Mädchens mit der pickligen Haut sind tränennass, während es schreibt. Ihr schmächtiger Körper wird von Schluchzern geschüttelt, sodass die arme Kleine den Stift immer wieder absetzen muss.

Sie sieht diese Szene so deutlich vor sich, als stünde sie direkt neben ihrem jüngeren Alter Ego. Sie spürt den Schmerz und das Leid so stark, als würde sie ihn gerade eben erst erleben. *Nein, die Zeit heilt keine Wunden!*

Sie schnellt hoch, leuchtet erneut alles ab, lässt den Lichtstrahl an einem unförmigen Ding hängen. Sie tritt näher heran und erkennt ein massiv wirkendes, großes Stück Holz. Sie versucht, es anzuheben. Vergeblich. Sie schnauft, atmet tief ein und probiert es noch einmal. Keine Chance.

Sie sucht eilig weiter, steigt über hingeworfene Rohrleitungen und einen ausrangierten Wäscheständer. Daneben steht ein Sack, prall gefüllt mit Altkleidern. Ein dunkelgrüner Lodenmantel liegt oben auf. Weiter hinten entdeckt sie einen Jägerhut und kaputte Handschuhe, ebenfalls in einer für Jäger typischen, dunkelgrünen Farbe. Sie runzelt die hohe Stirn, wusste gar nicht, dass man auf Fehmarn auch jagen kann.

Sie hält abrupt inne, als der Lichtstrahl auf eine weiße Kiste mit grüner Aufschrift fällt. Der Deckel steht offen. Innen drin befinden sich große, weiße Steine. Zumindest sieht es für sie so aus. Irgendwelches Baumaterial, nimmt sie an, macht sich nicht die Mühe, die Beschriftung auf der Kiste zu lesen. Sie fasst einen der Steine an und holt ihn heraus. Schätzt ihn auf bestimmt fünf Kilo. Sie legt ihn wieder hin. Dabei bricht ein kleines Stück ab, was ihr jedoch nicht auffällt. Sie nimmt sich den nächsten Stein und stellt fest, dass es vier von der Sorte gibt. *Macht insgesamt zwanzig Kilo. Reicht!* Ihr Herz schlägt schneller. *Je zwei davon an jedem Körper und tschüss!*

Sie trägt die Steine einzeln hinaus und versucht dabei, nicht über den anderen Kram zu stolpern, eiert vorwärts wie bei einem Hindernisparcours, während der Lichtstrahl aus ihrem Handy hin und her zuckt.

Zwei der Steine legt sie vor dem Schuppen ab. Die anderen schafft sie zum Strand, muss immer wieder absetzen und neu zupacken, weil sie an den Kanten bröckeln. Als Nächstes holt sie das alte Ruderboot und zieht es ebenfalls zum Strand. Dass es immer kälter wird und der Wind pfeift, merkt sie nicht. Die ungewohnte körperliche Anstrengung lässt sie schwitzen wie bei einem Sauna-Gang.

Zurück im Häuschen, packt sie die tief schlafende Kirsten an den Füßen und zerrt sie mit sich. Am Strand angekommen, fällt ihr ein, dass sie noch etwas braucht, um die beiden Steine an Kirstens Körper zu befestigen.

Sie eilt zurück zum Schuppen und schnappt sich das Tau, agiert wie mechanisch. Wieder bei Kirsten angelangt, wuchtet sie sie ins Boot und lädt die Steine ein.

Körperlich fast am Ende, schiebt sie das Boot mit ihrer Fracht tiefer ins Wasser und stapft hinterher, nimmt in Kauf, bis zum Unterleib im kalten Wasser zu stehen. Sie rollt sich seitlich mit ins Boot. Kentert fast. Sie bleibt eine Weile neben der sedierten Kirsten im schaukelnden Boot liegen. Dann rafft sie sich auf und befestigt die beiden weißen Steine an Kirstens Oberkörper, zurrt mit aller Kraft das Tau um deren Leib.

Mit klopfendem Herzen, Rauschen im Ohr und bibbernden Lippen rudert sie in die dunkle See hinaus. Ungefähr hundert Meter weit. Mehr schafft sie nicht.

Mit fast tauben Armen und einer seltsamen Leere im Kopf und im Herzen hievt sie Kirstens leblosen Körper über Bord.

Auge um Auge – und die ganze Welt wird blind sein.

(Mahatma Gandhi)

19

AN DIESEM ABEND AUF DER WALLHALBINSEL

Unter Missachtung sämtlicher Geschwindigkeitsbegrenzungen erreicht Frieda ihr Ziel. Sie lenkt den froschgrünen Opel Corsa in eine Parklücke. Sie schnappt sich die kleine Taschenlampe aus dem Handschuhfach, steigt aus und läuft die Wohnstraße entlang in Richtung Strand.

Außerhalb des Lichtkegels der Straßenlaternen ist es dunkel. Frieda sieht Buschwerk wie Schatten aus dem Nichts ragen, kann sich nicht vorstellen, dass es hier irgendwo tatsächlich ein Haus gibt.

Das fahle Mondlicht leuchtet nur schwach. Der rotierende Strahl eines Leuchtturms ist zu weit weg. Außerdem bricht er sich im nebligen Dunst draußen auf See. Die Taschenlampe hat Frieda zwar in der Hand, lässt sie aber noch aus. Sie will nicht riskieren, gleich entdeckt zu werden.

Die andere Hand an der Dienstwaffe, schleicht sie am Buschwerk entlang, späht an einer löchrigen Stelle hindurch und entdeckt zwei Schuppen. Einer ist deutlich größer. Drum herum ist alles finster. Sie holt ihre Waffe heraus und entsichert sie, als sie sich an die beiden Schuppen heranpirscht. Ihr Atem geht flach. Ihr Herz pocht.

Je näher sie ihrem Ziel kommt, desto deutlicher erkennt sie, dass es sich bei dem größeren der beiden Schuppen in Wahrheit um ein Häuschen handelt. Friedas Brauen wölben sich nach oben. *Dieses Gebäude »Villa« zu nennen ist in etwa so passend wie den Ruhrpott als grüne Oase zu bezeichnen*, geht ihr durch den Kopf, während sie sich auf die Haustür zubewegt.

Hinter den kleinen Fenstern des Häuschens ist kein Licht zu sehen. Sie wirken auf Frieda wie leere Augenhöhlen im Gesicht eines Toten. Ihr Körper ist angespannt. Ihr Herz pocht immer lauter. Entweder hat sie in letzter Zeit zu viele Gruselfilme gesehen – oder hier lauert wirklich etwas Böses. *Lieken, reiß dich am Riemen! Du bist nicht im Vergnügungspark und das ist kein verdammtes Geisterhaus!*

Sie drückt gegen die Tür und tritt unwillkürlich zurück, als diese aufschwingt. *Wie – offen?* Sie schluckt trocken, ihre Augen brennen, ihr Kopf schmerzt. Das Sehen innerhalb dieses diffusen Dunkels strengt sie unheimlich an.

Die Waffe nach vorne gestreckt, wagt sie ein paar Schritte ins Innere des Häuschens, verursacht kein Geräusch, als sie den kurzen Flur durchquert. Die Lichtverhältnisse ändern sich nicht zum Besseren. Frieda sieht so gut wie nichts mehr, tappt buchstäblich im Dunkeln. Sie hat keine Wahl und muss die Taschenlampe einschalten. *Wenn jetzt jemand hier lauert, bin ich verratzt!* Auf ihrer Stirn perlt Schweiß, Angstschweiß. Die Waffe schussbereit vor sich haltend, leuchtet sie ihre Umgebung ab, jederzeit mit einem Angriff rechnend.

Doch nichts geschieht. Ein altes Sofa kommt in den Lichtschein. Dann ein Tisch. Und ein Wandschrank. Frieda stellt fest, dass sie sich in einer kärglich eingerichteten Wohnstube befindet.

Und dass sie allein ist.

Kein Geräusch dringt an ihr Ohr.

Doch was ist mit den anderen Räumen? Was, wenn sich dort jemand verborgen hält?

Sie checkt das angrenzende kleine Schlafzimmer. Das Bett ist gemacht, erscheint unberührt. Nirgends ist eine Tasche oder ein Koffer zu sehen. Im winzigen Bad bietet sich Frieda ein ähnliches Bild: alles blitzblank und nicht ein Gegenstand, der darauf schließen lässt, dass das Häuschen bewohnt ist.

Die Waffe nicht mehr so straff haltend, geht Frieda zurück in die Wohnstube. *So, wie das hier wirkt, frage ich mich, ob diese Elsa Riedel überhaupt je hier gewesen ist. Aber wieso steht dann die Haustür offen? Das ist doch mehr als sonderbar …*

Ihre Überlegungen reißen ab wie Garn mit einer scharfen Schere geschnitten, als sie einen üblen Geruch wahrnimmt. Schlimmer als auf einem versifften Bahnhofsklo. Durch den Mund atmend, durchquert sie den Raum, die Taschenlampe nach unten auf den Dielenboden haltend. *Ob sich ein Tier hier eingenistet hat?*

Sie stutzt, als sie einen großen, dunklen Fleck entdeckt. In der Nähe eines kleinen Kamins. Sie beugt sich hinab. *Blut?* Sie schnuppert, nimmt Uringeruch wahr. *Ein Landstreicher, der auf den Boden gepinkelt hat?* Sie lässt das Taschenlampenlicht kreisen – und hält inne, als sie die Asche im Kamin sieht. *Oha!* Sie läuft hin und hält das Licht drauf. *Keine Glut mehr.*

Sie beleuchtet erneut die Flecke auf dem Boden, geht auf die Knie und beugt sich ganz nah heran. *Das ist frisches Blut. Und Urin.*

Sie steht auf und aktiviert die Telefonfunktion ihrer Smartwatch. »Klaus«, flüstert sie. »Schick mir sofort Verstärkung her. Hier gibt's Blutspuren. Die Kollegen sollen aber leise anrücken, hörst du! Ich melde mich noch mal.« Sie beendet das Gespräch, verlässt das Häuschen und bewegt sich lautlos zum Schuppen rüber.

Auch hier findet sie eine unverschlossene Tür vor. Sie zieht abermals ihre Waffe, richtet sie nach vorne und stößt die Tür langsam und leise auf, starrt in vollkommene Dunkelheit.

Stille umgibt sie.

Frieda hört nur ihren eigenen Atem.

Mit dem Licht der Taschenlampe leuchtet sie ins Innere des Schuppens und erblickt einen Haufen Krempel. *Unmöglich, dass hier drin jemand gefangen gehalten wird. Kein Platz. Oder?* Sie reckt sich vor, schnuppert und stellt erleichtert fest, dass sie keine weiteren Körperausdünstungen oder gar Leichengeruch wahrnimmt.

Sie umrundet den Schuppen, den Lichtstrahl nach unten haltend. Auf der Rückseite entdeckt sie einen kleinen Bootstrailer und eine Abdeckplane, letztere lieblos auf den Boden gepfeffert. Frieda sieht sich nach allen Seiten um, erspäht jedoch nirgends ein dazu passendes Paddel- oder Ruderboot.

Ratlos läuft sie wieder nach vorne und schaut erst zum Häuschen, das von ihrer Position aus wie ein Schemen wirkt. Dann richtet sie ihren Blick zum ebenfalls in tiefer Dunkelheit liegenden Strand. Sie hört die Wellen rauschen und bemerkt erstmals den strengen Wind, der ihr schon seit ihrer Ankunft kalt ins Gesicht bläst.

Sie reckt den Hals, als sie etwas aufblitzen sieht. Ihre Anspannung löst sich, als sie realisiert, dass es sich um den rotierenden Lichtstrahl des fernen Leuchtturms handelt. Doch dann blitzt es abermals auf. Mehrfach hintereinander. *Da unten ist jemand!*

Frieda zögert nicht und spurtet los.

20

AM STRAND

Sie zieht Bastis sedierten Körper durch den Sand, kommt kaum vorwärts. Ihre Kräfte schwinden immer mehr. Sie fühlt nichts, denkt nichts. Es ist, als wäre sie dabei, zu erlöschen wie ein schwaches Kerzenlicht im aufbrausenden Wind. Sie muss mehrfach absetzen. In ihren Armen brennt es, als würden sie von innen heraus abgefackelt. Auch ihre Beinmuskulatur schmerzt höllisch. Ihre Knie geben nach. Sie sinkt in den Sand und schließt die Augen. Sie spürt nichts mehr. Nicht mal den kalten Wind. Oder die nasse Kleidung.

Nach einer Weile rappelt sie sich wieder auf, ohne das Gefühl zu haben, dies auch zu wollen. Wie ferngesteuert greift sie nach Bastis Füßen und zieht den schweren Körper im Rückwärtsgang weiter. Und weiter. Das Rauschen der Wellen wird lauter. Doch sie nimmt es nicht wahr, nimmt gar nichts mehr wahr, agiert nur noch wie unter fremder Regie. Sie bleibt stehen, als ihr der Boden plötzlich wackelig erscheint. Sie hat das Strandufer erreicht, steht mit ihren klatschnassen Stiefeln bis zu den Knöcheln im Wasser.

Sie lässt Bastis Füße fallen und schaut sich um. Das Ruderboot liegt einem Schatten gleich etwa zehn Meter von ihr entfernt im seichten Wasser. Sie nimmt Bastis Füße wieder hoch und zerrt ihre menschliche Fracht durch den schlammigen Sand, kommt nur noch zentimeterweise vorwärts.

Am Ziel angelangt, lässt sie Basti erneut liegen und sondiert mit ihren vor Anstrengung tränenden Augen das Umfeld.

Doch sie sieht nicht, was sie sehen will.

Es ist zu dunkel. Das rotierende Licht des fernen Leuchtturms wird mehr und mehr vom Dunst gebrochen, reicht nicht aus, um den Strand wenigstens ein bisschen zu erhellen. Die Wellen rauschen immer schneller heran und spülen das Ruderboot zurück an Land. Sie registriert es nicht, greift wie mechanisch in die Innentasche ihres bis zum Bauch durchnässten Steppmantels und holt ihr Handy heraus, aktiviert die Taschenlampenfunktion.

Der Lichtstrahl zuckt erst nach rechts, dann nach links.

Endlich erspäht sie die beiden weißen Steine.

Sie liegen schräg hinter ihr.

Sie steckt das Handy wieder ein und stakst auf die Steine zu. Ihre Füße sind mittlerweile fast taub von der Kälte, die sie nicht spürt.

Sie will sich runterbeugen und den ersten Stein packen. Doch ihr Körper gehorcht nicht. Sie steht stocksteif da, schafft es nicht, den Rücken zu krümmen. Der Wind bläst ihr erbarmungslos ins Gesicht, lässt ihre Augen noch mehr tränen. Dann explodiert ein starker Schmerz in ihrem Körper. Sie verliert beinahe den Halt, stürzt fast. Es ist, als wäre eine Stichflamme in ihrer Brust aufgelodert. Der Schmerz ist so heftig, dass sie nicht atmen kann. Um sie herum wird alles grell, dazu hört sie dumpfe Geräusche.

21

»Bleiben Sie, wo Sie sind! Oder ich schieße!«

Frieda nähert sich der Person, die Waffe vorgestreckt, den Lichtstrahl aus ihrer Taschenlampe auf ihr Ziel gerichtet. Hinter sich, aus Richtung der Straße, hört sie Martinshörner, als die Zielperson wie gefällt in sich zusammensackt.

Frieda bewegt sich langsam auf sie zu, die Waffe noch immer schussbereit. *Könnte ein Trick sein!*

Bei der bäuchlings im nassen Sand liegenden Frau angekommen, hält sie die Waffenmündung an deren Kopf, während sie sich wie in Zeitlupe zu ihr hinabbeugt, innerlich in höchster Alarmbereitschaft.

Die Frau rührt sich nicht.

Frieda dreht sie auf den Rücken. Sämtliche Glieder der Fremden sind schlaff wie die einer Puppe aus Stoff. Frieda drückt zwei Finger an die Halsschlagader

der Frau und fühlt einen Puls. Einen sehr schwachen Puls. »Scheiße!« Sie erhebt sich, steckt die Waffe weg und alarmiert den Rettungsdienst, mahnt zu höchster Eile. Erst dann entdeckt sie einen weiteren leblosen Körper. »Verdammte Sch… « Ihr bleibt das Wort im Hals stecken.

Alle Vorsicht fahren lassend, ist sie mit drei Ausfallschritten bei der Person. Ein Mann. Auch hier fühlt sie einen schwachen Puls. Der Bewusstlose wird von den Wellen umspült – so wie jetzt auch Friedas in schwarzen Sneakern steckende Füße. Sie sind in Sekunden durchnässt. Sie packt den Mann unter den Achseln und wuchtet ihn an Land. Er zeigt nach wie vor keine Regung. Sie leuchtet seinen Körper ab und entdeckt die Wunde an seiner Wade. *Sieht nicht gut aus …*

Sie fährt herum, als sie Geräusche hört und hellen Lichtschein wahrnimmt. SEK-Uniformierte nähern sich, die Waffen schussbereit, was sie – vom gleißenden Licht geblendet – jedoch nicht sehen kann. »Lieken, Kripo … Zentralstation Fehmarn!«, ruft sie ihnen entgegen. »Ich habe hier zwei Verletzte! Der Rettungsdienst ist informiert!« Wie zur Bestätigung erklingt von der Straße her erneut ein Martinshorn.

Die Uniformierten treten näher und stecken die Waffen weg. Frieda zeigt ihren Dienstausweis. Die klammen Haarsträhnen, die sich aus ihrem Zopf gelöst haben und die der Wind ihr nun in die Stirn weht, bemerkt sie nicht.

»Was ist passiert?«, fragt einer der Männer in den schwarzen Uniformen und hebt das Visier seines Schutzhelms.

Frieda blickt in ein kantiges Gesicht mit blassblauen Augen. »Das weiß ich noch nicht«, antwortet sie und geht zu der Frau, die vor ihren Augen zusammenbrach. *Ist das eine der Geiseln?*

Sie hält das Taschenlampenlicht ins Gesicht der Frau, sieht tiefe Falten, schmale Lippen, eine hohe Stirn und eine Wunde auf der Wange. Knapp unterhalb des Auges. Sie beugt sich abermals zu der Bewusstlosen hinab und durchsucht ihre Taschen, findet ein klammes Portemonnaie. Es steckt ein Personalausweis drin. Ausgestellt auf den Namen: Elsa Riedel. Friedas Herz macht einen Satz. *Dann ist der Mann …*

Sie denkt nicht weiter und zieht vorsichtig eine durchweichte Karte aus einem der Portemonnaie-Fächer. Es ist eine Visitenkarte. *Klaus Hellmann, Polizei-Zentralstation Burg*, liest sie und vergisst das Luftholen, starrt die Karte an wie einen fremdartigen Gegenstand aus dem All. *Das darf nicht wahr …*

Sie schüttelt den Kopf und damit den Rest des gedanklichen Satzes weg wie ein schales Getränk. Sie wirft einen letzten Blick auf die Karte, zerreißt sie und überlässt die Fetzen dem Wind, ringt das in ihr aufwallende Gefühl einer grenzenlosen Wut erfolgreich nieder. *Wenn das hier rum ist, werde ich mit ihm darüber reden – und dann entscheiden, ob ich damit zu Eisler gehe.*

Sie dreht sich um, als das Notarzt-Team eintrifft, zwei Männer und eine Frau in orangefarbener Kleidung mit silbernen Reflektoren. Einer der SEK-Leute hat sie oben an der Straße in Empfang genommen und her gelotst. »Bringen Sie zuerst ihn weg.« Frieda deutet auf den bewusstlosen Mann. »Er hat eine schlimme Beinwunde und lag außerdem im kalten Wasser.«

»Das mag sein«, antwortet die Frau, anscheinend die Ärztin. Sie hat Elsa Riedels Steppmantel geöffnet und hält ein Stethoskop an ihre Brust. »Aber das hier sieht nach einem Herzinfarkt aus.« Sie winkt die Kollegen mit der Trage heran. »Sie zuerst, hopp! Dann holen wir den anderen, aber vorher bereitmachen zum Reanimieren!«

Frieda hört nicht zu, sieht das Ruderboot im Licht ihrer Taschenlampe. *Was zum Henker ist hier los? Und wo ist die weibliche Geisel?*

Sie tritt näher an das Boot und leuchtet hinein. Es liegen zwei Ruder drin. Sonst nichts. Und es ist innen nass. *Also wurde es gerade erst benutzt. Von Elsa Riedel? Klar, wem sonst, der andere ist bestimmt schon länger bewusstlos und außerdem verletzt. …Der andere … ist das Bastian Kohl?* Sie richtet das Licht dorthin, wo der Mann gelegen hat, will auch ihn nach Ausweispapieren durchsuchen. Doch er wurde bereits nach oben zum Notarztwagen gebracht, der in diesem Moment mit eingeschaltetem Martinshorn wegfährt. Sie schnaubt, ist wütend auf sich selbst. *Verdammt noch mal, Lieken! Wie kann man nur so blöd sein?*

»Brauchen Sie uns noch?«, ruft einer der SEK-Leute.

Frieda antwortet nicht, lässt den Lichtstrahl kreisen – und stoppt ihn, als er auf etwas Weißes fällt. *Was ist das?* Sie läuft auf zwei steinförmige Objekte zu, die in der Nähe des Boots am Strandufer liegen. Sie neigt sich hinab und befühlt die Oberfläche der quadratischen Steine. *Rau wie Schmirgelpapier. Und etwas porös.* Sie hebt einen an – und wird blass. »Scheiße!« Das Licht aus ihrer Taschenlampe irrt umher. *Wo ist die zweite Geisel?* Ihr wird heiß, als sie zur dunklen See hinausschaut. *Oh, Gott!*

»Wir rücken ab«, informiert der SEK-Mann, doch Frieda hört ihm nicht zu und schreit stattdessen: »Die Küstenwache! Wir brauchen sofort die Küstenwache!«

Die SEK-Leute beobachten, wie sie auf ihrer Smartwatch herumwischt, dann lautstark einen Hubschrauber anfordert und die Koordinaten durchgibt.

»Sie glauben, dass noch jemand da draußen ist?« Der SEK-Mann, vermutlich der Truppenführer, steht jetzt vor ihr.

Frieda schaut mit aufgerissenen Augen zu ihm auf. »Es steht zu befürchten«, haucht sie und wendet sich wieder den beiden Steinen zu, bevor der Mann ihr noch weitere Fragen stellen kann. Sie schabt mit ihren kurzen Fingernägeln ein winziges Stückchen ab, hält es sich an die Nase und riecht – nichts. Sie streckt die Zungenspitze vor, probiert – und schmeckt Salz.

»Das sind Lecksteine«, hört sie den SEK-Mann sagen.

»Was?« Sie blickt ihn verdutzt an.

Der Mann taucht die beiden Steine in das gleißende Licht der in seinem Schutzhelm integrierten Leuchte. »Blöcke aus Mineralsalz«, fährt er fort. »Und schon ziemlich alte, würde ich mal sagen. Die nimmt man zur Versorgung der Tiere in der Winterzeit, wenn die Natur nicht mehr genügend Nahrung bietet. Typisches Jagd- und Forstequipment.« Er sieht sich um. »Was die Dinger an einem Strand sollen, ist mir allerdings schleierhaft. Die Fische kann man damit bestimmt nicht füttern.«

Aber jemanden zu den Fischen schicken? Frieda durchläuft es immer heißer, obwohl es hier unten am Strand und bei dem kalten Wind bestenfalls noch fünf Grad sind. Sie hört ein Brummen am Himmel und schaut hoch. Der Hubschrauber der Küstenwache ist im Anflug. Ein breiter Lichtstrahl durchschneidet die Dunkelheit draußen auf See.

Frieda krampft die Finger ineinander und betet. *Bitte, bitte, bitte, lieber Gott, wenn Kirsten Schang da draußen ist, lass es nicht zu spät sein!*

Auf einmal steht der Lichtstrahl still.

Jemand seilt sich aus dem Hubschrauber ab.

Am schwarzen Himmel blinken rote Lichter.

Frieda verengt die Augen, verfolgt gebannt, wie etwas aus dem Wasser gezogen wird. Die SEK-Leute stehen um sie herum und schauen ebenfalls zu.

»Wie's aussieht, lagen Sie richtig«, hört sie den Mann sagen, der schon die ganze Zeit über mit ihr spricht. »Da draußen ist anscheinend wirklich jemand. Dann wollen wir mal hoffen, dass die Kollegen von der Küstenwache noch rechtzeitig waren. Lange hält das dort draußen keiner aus. Das Wasser ist verdammt kalt.«

Das Flüstern des Windes, das Rauschen der See schenken einem das Glück, einfach zu existieren.

(Alter Seemannsspruch)

22

ZWEI TAGE SPÄTER (Samstag)

In eine flauschige Decke eingekuschelt hockt Frieda auf der Küchenbank und schaut zu, wie Oma Lieken Weihnachtsplätzchen backt. Durch die Backenofenhitze ist es sehr warm im Raum. Die Wangen ihrer Großmutter sind gerötet. Sie summt fröhlich vor sich hin, während sie den Teig bearbeitet.

Von ihrem Schwächeanfall am vergangenen Wochenende ist nichts mehr zu merken.

Dafür kränkelt Frieda nun. Ihr Hals ist rau. Die Nase läuft. Und ihr ist permanent kalt. Sie neigt den Kopf nach links zum Fenster, als sie Nero draußen bellen hört. Wahrscheinlich jagt der kleine Kerl wieder hinter einer Möwe her, die es gewagt hat, nicht hoch genug über ihm hinwegzufliegen. Opa zuckelt dick eingepackt und in seinem Rollstuhl sitzend ums Haus, wie immer sein Pfeifchen im Mund. Er betrachtet sich das Schauspiel wahrscheinlich aus nächster Nähe.

Frieda nestelt ein schon sehr durchweichtes Taschentuch aus der Eingriffstasche ihres beigefarbenen Sweaters. Ihr blondes Haar hängt wirr auf ihren Schultern. Zum Frisieren konnte sie sich noch nicht aufraffen. Sie schnäuzt sich ausgiebig und geräuschvoll. Doch es kommt nur Wasser.

»Ach, Liebes, du tust mir so leid«, ruft Oma Lieken ihr über die Schulter zu. »Warte, ich mach dir gleich einen Tee. Der wärmt dich von innen.«

»Danke«, erwidert Frieda mit nasaler, rauer Stimme und lehnt sich matt zurück.

Ihre Gedanken schweifen zum gestrigen Tag ab, an dem sie noch nichts von der Erkältung gespürt hat. Die hatte sie sich bestimmt vorgestern Abend geholt, als sie sich so lange und mit klatschnassen Füßen am Südstrand aufhielt.

Kirsten Schang war buchstäblich in letzter Sekunde aus dem kalten Wasser gezogen worden. Die Lecksteine hatten sich schnell aufgelöst, waren durch die lange Lagerung im feuchten Schuppen entsprechend porös geworden, sodass Schang rasch wieder nach oben trieb und sich dort halten konnte. Bis die Kälte sie lähmte.

Frieda hatte sie am nächsten Morgen im Krankenhaus aufgesucht. Nach dem Gespräch mit Klaus. Wegen seiner Visitenkarte in Elsa Riedels Portemonnaie. Eine Frau mit Ruderboot sei doch nicht automatisch verdächtig, hatte er sichtlich geschockt gemurmelt. Frieda ließ es daraufhin gut sein und verzichtete darauf, Heiner Eisler damit zu behelligen. Sie machte sich gleich auf den Weg ins Krankenhaus, um Kirsten Schangs Aussage aufzunehmen.

Was gar nicht so einfach gewesen war.

Schang war nicht nur körperlich noch stark geschwächt, sondern auch kaum zu verstehen, da sie nicht mehr aufhören konnte zu weinen. Immer wieder musste sie abbrechen und laut schluchzen, als sie offen und ehrlich davon berichtete, was sie Elsa Riedel während der Schulzeit antaten.

Frieda saß die meiste Zeit schweigend neben dem Krankenbett und konnte kaum glauben, was sie da hörte. Bei ihrem Abschied blickte sie auf ein in sich zusammengesunkenes Häuflein Mensch, das sie trotz allem am liebsten in die Arme genommen und getröstet hätte.

Kirsten Schang zeigte ehrliche Reue.

Doch die Schuld, die sie damals auf sich lud, konnte ihr niemand mehr abnehmen.

Denn Elsa Riedel ist tot.

Sie erlag ihrem Herzinfarkt noch im Rettungswagen, hatte nicht mehr reanimiert werden können.

Nach dem Besuch bei Kirsten Schang hatte Frieda sich in ihren froschgrünen Opel Corsa geschwungen und war nach Hamburg gefahren. Sie hatte entschieden, die Nachricht von Elsa Riedels Tod persönlich zu überbringen – auch wenn Heiner Eisler wenig Begeisterung über das Vorhaben zeigte. »Ihre Woche war hart genug, Lieken. Nehmen Sie mal Gas raus und lassen das die Kollegen vor Ort übernehmen.«

Doch irgendetwas in ihr zwang sie, den Fall für sich auf diese Weise abzuschließen.

Sie kam gut durch auf der A1, brauchte rund zweieinhalb Stunden, bis sie vor dem Reihenhaus mit dem gepflegten Vorgarten einparkte, das die Riedels bewohnten. Frieda informierte die Hinterbliebenen über alles, sparte sich die Nachricht vom Tod Elsa Riedels bewusst bis zum Schluss auf.

Der Sohn, ein hochgewachsener, schlanker Mann mit strengem Seitenscheitel und Brille, rang mit den Tränen, er wollte aber unbedingt gefasst wirken. Er saß noch etwa drei Minuten neben seinem Vater auf dem Ledersofa, knetete die Finger, fuhr sich durchs Haar, wusste sichtbar nicht wohin mit sich, bis er schließlich abrupt aufstand und das Wohnzimmer verließ.

Der Vater sah ihm reglos hinterher. »Das war jetzt alles ein bisschen viel für ihn. Lassen wir ihm Zeit«, sagte er leise. »Er wird sich rasch wieder fangen.« Dann blickte er Frieda an, deren Verwunderung ihm trotz allem nicht entgangen war.

Verwunderung darüber, dass sich in seiner Mimik zuerst blankes Entsetzen gespiegelt hatte.

Und bei der Überbringung der Todesnachricht: Erleichterung.

Peter Riedel fing gleich an zu reden, ließ Frieda keine Möglichkeit, ihn ihrerseits etwas zu fragen. »Meine Frau war kein glücklicher Mensch«, begann er mit verhaltener Stimme. Er lehnte sich zurück, schlug die Beine übereinander und legte die Hände gefaltet in den Schoß.

Wie er so da saß, erinnerte er Frieda an den Schauspieler Joachim Król in seiner Rolle als trauriger Schwuler in dem Film: *Der bewegte Mann*. Wieso sie in der Situation ausgerechnet an diesen insgesamt eher lustigen Film denken musste, verstand sie selbst nicht.

Es stellte sich schnell heraus, dass Peter Riedel die tragische Geschichte aus der Schulzeit seiner Frau bereits kannte. Er hatte sie jedoch nicht von ihr persönlich erfahren. Soweit er wusste, hatte sie nie mit jemandem darüber gesprochen. Damals, als das alles passierte, war ihre Angst zu groß gewesen. Warum sie später noch immer schwieg, konnte er sich nicht erklären – und sie auch nie danach fragen.

Weil er sein Wissen, was die persönliche Tragödie seiner Frau betraf, aus ihrem Tagebuch bezogen hatte.

Eines Tages fand er es. Zufällig. Beim Ausmisten des Speichers. Peter Riedel stieß auf eine alte Pappkiste mit allerlei Kleinkram. Unter anderem lag ein Büchlein mit düsterem Einband drin. Er nahm es, schlug es auf und gleich wieder zu, nachdem er erkannt hatte, um was es sich handelte. »Ich hätte es sofort wegwerfen sollen«, sagte er, hob die Schultern und zog den Kopf ein.

»Doch dann haben Sie es gelesen«, folgerte Frieda und klang keineswegs anklagend.

»Nein, lange Zeit nicht«, wiegelte er ab. Und schwieg erst mal. Den Blick nach unten gerichtet. Dann schaute er Frieda an, und seine blaugrauen Augen schimmerten feucht. »Wissen Sie, ich habe nie verstanden, warum sie so war.«

»Was meinen Sie?«

Er suchte nach Worten, gestikulierte hilfesuchend mit den Händen. »Diese dunklen Phasen. Diese Bitternis. Besser kann ich es nicht umschreiben. Elsa ging es doch gut! Sie hatte eine Familie, ein Haus und einen guten Beruf.«

»Hatte sie auch Freunde?«, wollte Frieda wissen.

»Nicht viele«, räumte Peter Riedel zerknirscht ein. »Und auch nie für lange. Sie mag keine Menschen, hat sie immer gesagt. Nach außen hin blieb sie zwar stets freundlich, wollte aber niemanden an sich ranlassen. Was glauben Sie, wie lange es gedauert hatte, bis sie sich auf mich einließ. Ich bin ihr zwei Jahre lang hinterhergelaufen.«

»Und was meinen Sie mit ihren dunklen Phasen, wie darf ich mir das vorstellen?«

Riedel seufzte tief, ließ die Hände geräuschvoll auf seine Oberschenkel fallen. »Sie schottete sich dann völlig ab. Auch von Jens und mir. Gab vor, unter starker Migräne zu leiden. Zum Arzt gehen wollte sie deshalb aber nicht. Und von Medikamenten wollte sie auch nichts wissen.«

»Wie häufig kamen diese Phasen?«

Riedel blähte die Wangen, bevor er antwortete. »Ganz verschieden. Manchmal war monatelang Ruhe. Ein anderes Mal überfiel es sie mehrmals kurz hintereinander. Richtig schlimm wurde es aber erst in letzter Zeit.«

»Seit sie von dem Klassentreffen erfuhr?«, mutmaßte Frieda.

Riedel nickte. »So war es wohl.« Er holte tief Luft. Als müsse er sich für die folgenden Worte erst wappnen. »Frau Kommissarin, ich möchte die Taten meiner Frau jetzt sicher nicht schönreden. Aber wie schon erwähnt, hatte ich eines Tages angefangen, in diesem Buch zu lesen. Ihrem Tagebuch damals aus der Zeit, als es einigen ihrer Mitschüler beliebte, sie nur so zum Spaß völlig kaputtzumachen.« Riedels Stimme zitterte.

Frieda schluckte, erinnerte sich an Kirsten Schangs Bericht.

»Es ist unvorstellbar, was dieses Mädchen durchmachen musste. Mutterseelenallein mit allem und völlig verängstigt! Ich kann heute noch nicht begreifen, dass niemand etwas mitbekam. Was ich mir aber, ehrlich gesagt, nicht vorstellen kann«, fügte er schnell und mit zornesbebendem Tonfall an. »Die anderen haben nur weggesehen. Weil es für sie bequemer war.«

Nein, das kann ich nicht glauben, nicht bei so etwas, dachte Frieda, blieb aber still.

»Einmal hatten sie sie sogar eine ganze Nacht lang eingesperrt«, erzählte Riedel leise weiter. »Irgendwo draußen im Wald, in einer verfallenen Hütte. Elsa muss vor Angst fast gestorben sein. Jedes Knarren eines Asts, jedes noch so kleine, an sich banale Geräusch – in so einer Umgebung und in dem jungen Alter malt man sich doch die schlimmsten Dinge aus! Wilde, hungrige Tiere, die die Hütte umkreisen. Oder ein Unhold, der draußen lauert, jeden Moment einbricht und sie überfällt.« Riedel schüttelte an der Stelle fassungslos den Kopf. »Zuhause hatte sie sagen müssen, dass sie bei einer Freundin übernachtet. Damit ihre Eltern keinen Verdacht schöpfen.« Er lachte freudlos auf. »Ganz schön gerissen, die junge Bagage damals, nicht wahr?« Er neigte sich vor. »Wissen Sie, Frau Kommissarin, ich wünsche wirklich niemandem etwas Schlechtes. Aber wie heißt es doch so schön? Irgendwann holen uns unsere Taten immer ein. Und im Fall dieses menschlichen Abschaums hoffe ich doch sehr, dass das auch stimmt!«

Frieda hatte daraufhin nichts entgegnet.

Obwohl sie den Mann durchaus verstehen konnte.

Anderseits weiß sie aber auch, dass Hass niemals genährt werden sollte, da sonst nur noch mehr Unglück geschieht.

Sie verabschiedete sich, sprach nochmals ihr Mitgefühl aus und fuhr zurück nach Hause. Ohne Stopp in der Polizei-Zentralstation, da sie sich zu dem Zeitpunkt bereits irgendwie matt fühlte.

»So, Liebes, hier ist der Tee.« Oma Lieken stellt einen großen Pott mit einer nach Kräuter riechenden Flüssigkeit auf den Küchentisch. »Trink das und du wirst sehen, es wird gleich besser.«

Frieda lächelt dankbar und krächzt ein Dankeschön. »Komm nicht so nah, Omi, sonst steckst du dich noch an.« Ihre Stimme hört sich an wie nach sechs Wochen Kur in einer Raucherkneipe.

»Iwo, Kindchen. Unkraut vergeht nicht, das weißt du doch.« Oma Lieken lacht herzlich. »So, und jetzt pack dich wieder schön ein, ja?« Sie zupft Friedas Decke zurecht und wendet sich dann wieder ihren Plätzchenteigen zu.

Frieda muss an Bastian Koch denken, dessen Beinwunde sich übel entzündet hat. Daran sterben wird er aber definitiv nicht. Was in ihm vorgeht, das Drama rund um Elsa Riedel betreffend, weiß Frieda nicht. Anders als Kirsten Schang schweigt er sich dazu beharrlich aus. *Aus welchem Grund auch immer …*

Ein Signalton ihrer Smartwatch reißt sie aus ihren Überlegungen. Sie blickt aufs Display und freut sich. Martin ruft an. Sie erhebt sich mitsamt ihrer Decke und stakst auf wackeligen Beinen in die Wohnstube rüber, lässt sich aufs Sofa fallen und nimmt das Gespräch an.

»Na, wie geht es der Patientin?«, fragt Martin.

»Weiß nicht«, erwidert sie stockheiser.

»Oje! Wie hörst du dich denn an? Das klang gestern Abend aber noch viel besser!«

»Ja, stimmt wohl.« Sie müht sich, klar zu sprechen. Vergeblich. »Ich denk, du kommst heute lieber nicht. Ansteckungsgefahr. Außerdem bin ich ziemlich platt. Mehr als Couchliegen geht nicht.«

»Ich merk's«, erwidert Martin mitfühlend. »Dann kurier dich in Ruhe aus.«

»Mach ich«, sagt sie einsilbig. Das Sprechen schmerzt sie im Hals. Das Gespräch beenden möchte sie aber trotzdem noch nicht. »Wenigstens kann dieser Fall geschlossen werden«, stößt sie hervor und hat das Gefühl, schreien zu müssen, damit Martin sie überhaupt versteht. »Die Vermissten sind gefunden, und die Täterin ist identifiziert.« *Wenn auch die Hälfte des Personals tot ist*, setzt sie stumm hinzu.

»Schon krass, was du da erlebt hast«, sagt Martin. Von ihren Telefonaten am Donnerstag und Freitag kannte er bereits alle Details, wusste sogar, dass das Kieler Labor tatsächlich Haarpartikel von Elsa Riedel an der grünen Strickmütze gefunden hat. »Wie geht es dir mit der ganzen Sache, kommst du klar?«

»Ja, schon. Ich muss nur dauernd an die Täterin denken, versuche mir vorzustellen, wie es ist, als Schülerin jahrelang mit solchen Attacken und Gemeinheiten leben zu müssen. Ich glaub schon, dass man davon einen psychischen Schaden davonträgt. Erst recht in dem Alter.« Sie schluckt schwer und verzieht das Gesicht, weil es in ihrer Kehle so brennt.

»So gesehen kann einem diese Frau fast leidtun, da hast du wohl recht«, stimmt Martin zu.

»Ihr Leben wurde praktisch schon in der Schulzeit zerstört.« Frieda hustet.

»Nicht so viel reden.«

»Geht schon.« Sie hustet noch einmal, bevor sie mit ihrer Reibeisenstimme fortfährt. »Und ihr Mann meinte, dass es niemanden kümmerte, was da lief. Im ersten Moment dachte ich noch, das sieht er zu schwarz. Aber weißt du was? Inzwischen denke ich, dass er recht hat. Ich meine, es kann doch nicht sein, dass keiner was gemerkt hat. Kein Lehrer, keiner von den anderen Schülern. Es ist einfach unvorstellbar, dass innerhalb eines so langen Zeitraums niemand eingriff.«

Aus dem Lautsprecher der Smartwatch erklingt ein Kratzen, bevor erneut Martins Stimme zu hören ist. »Das klingt jetzt zynisch, doch so sind die Menschen. Leider. Wenn es sie nicht unmittelbar selbst betrifft, neigen zu viele von uns dazu, wegzuschauen. Dazu gibt es sogar psychologische Experimente. Das in einer Fußgängerzone vor einem großen Kaufhaus fällt mir dazu ein. Dort hatten sie nachgestellt, wie eine Frau angegriffen wird, um festzustellen, ob die Passanten ihr helfen. Und? Was meinst du? Hat jemand geholfen?«

Frieda runzelt die Stirn. »Na, so wie du jetzt fragst vermute ich, nein.«

»Stimmt. Und dieses Experiment haben sie in den Siebzigern gemacht. Also vor rund fünfzig Jahren. Ich glaube nicht, dass die Courage und Hilfsbereitschaft in der Bevölkerung seit der Zeit gewachsen sind. Die Erlebnisse in unserem Beruf deuten eher auf das Gegenteil hin, oder?«

Frieda schnieft, fischt ihr durchweichtes Taschentuch hervor und hält sich die Nasenlöcher damit zu. »Ich fürchte, das stimmt. Trotzdem tut mir Elsa Riedel leid. Ja, sie hat die anderen entführt und verletzt, teilweise schwer, und sie ist definitiv für Florian Brandts Tod verantwortlich …«

»Und die anderen beiden wollte sie ebenfalls noch töten, nicht vergessen!«

»Ja, aber dass sie selbst jetzt auch sterben musste …«

»Ist vielleicht sogar das Beste für sie?«

Frieda stutzt, meint, sich verhört zu haben.

Martin spricht in sachlichem Tonfall weiter. »Überleg doch mal. Wenn sie überlebt hätte, würde sie trotz der ganzen Umstände auf jeden Fall einfahren. Entführung, schwere Körperverletzung, fahrlässige Tötung, Mordversuch in zwei Fällen – nein, da kann kein Anwalt mehr etwas richten. Das gäbe bestenfalls eine Einweisung in die Geschlossene.«

»Dein Tee wird kalt, Liebes!«, ruft Oma Lieken aus der Küche.

Frieda steckt das Taschentuch wieder ein und steht vom Sofa auf, kämpft gegen das Schwindelgefühl an. »Alles in allem ist es dennoch ungerecht, weil sie nicht aus Bosheit oder zur Befriedigung niederer Triebe gehandelt hat. Wäre die Einladung zu diesem Klassentreffen nicht gewesen, wäre sicher nie etwas passiert«, erklärt sie auf dem Weg zurück in die Küche.

»Mag sein«, entgegnet Martin nüchtern. »Nun ist aber etwas passiert. Und nur das zählt bei der Rechtsprechung. Das weißt du ebenso gut wie ich. Themenwechsel«, verfügt er rasch. »Du packst dich jetzt warm ein und wirst schnell wieder gesund. Ach, was ich noch wissen wollte: Hast du dich mittlerweile entschieden?«

Frieda bleibt im Flur stehen und blickt verdattert aufs Display ihrer Smartwatch. Als könne sie so in Erfahrung bringen, wovon Martin gerade redet.

»Na, ob du zu den Kollegen nach Kiel wechselst oder lieber noch eine Weile auf Fehmarn bleibst«, ergänzt er, weil ihre Antwort ausbleibt.

Ach so! Frieda hält sich die rechte Hand an die heiße Stirn. An diese bevorstehende Entscheidung hatte sie in den vergangenen Tagen tatsächlich keinen Gedanken mehr verschwendet. *Meine Güte! Immerhin geht es dabei um meine berufliche Zukunft! Meine Karriere!*

»Äh … also … Moment, ich muss mir erst die Nase putzen«, erwidert sie und schnieft so laut es geht. Sie hört, wie Oma Lieken mit den Backblechen hantiert. Die Haustür geht auf. Nero springt herein und an ihr hoch, sodass sie in ihrem angeschlagenen Zustand fast taumelt. Opa rollt über die Schwelle und zwinkert munter. Die Oma eilt herbei, hilft ihm aus der Jacke und schiebt ihn samt Rollstuhl ins behaglich warme Wohnzimmer. Frieda will ihre Großmutter unterstützen, doch die scheucht sie weg. »Ich mach das schon, Liebes, geh in die Küche und trink deinen Tee.«

»Na, bei euch ist ja was los«, ertönt Martins schmunzelnde Stimme aus dem Smartwatch-Lautsprecher.

»Mehr als in Kiel. Wetten?«, beantwortet sie so seine Frage aus dem Bauch heraus.

»Garantiert«, flachst Martin. Doch etwas in seiner Stimme vermittelt ihr den Eindruck, als würde er ihre Entscheidung für Fehmarn gutheißen. »Profilieren kann man sich überall«, hatte er erst letztens wieder zu ihr gesagt. »Und bei der Inselpolizei hast du automatisch mehr Verantwortung als in einem Großstadtrevier mit jeder Menge Kollegen.«

Außerdem muss ich dann Oma und Opa nicht alleine lassen.

»Ok, dann sieh jetzt mal zu, dass du diese scheußliche Erkältung wieder loswirst«, setzt Martin hinzu. »Halt, eines muss ich noch wissen: Was soll ich für den Weihnachtsschmaus beisteuern?«

Frieda lacht. Doch es hört sich an, als würde ein Rabe fluchen. »Bring Oma einen hübschen Blumenstrauß mit und für Opa seinen Tabak. Bloß nichts zu essen! Hier stehen schon kistenweise Kekse und Stollen herum.«

»Die sind nicht nur für uns, sondern auch für die Nachbarn«, flötet Oma Lieken. Ihre Wangen sind jetzt rosenrot von der Backhitze. In ihrem Gesicht klebt Mehl.

»Werden noch Wünsche angenommen?«, fragt Martin betont laut.

»Was darf's sein?«

»Vanillekipferl wären klasse.«

»Bekommst du, junger Mann, die bekommst du«, verspricht Oma Lieken vergnügt.

* * *

NACHWORT

Liebe Leserinnen und Leser, ich freue mich sehr über Ihr Interesse an diesem Roman – und noch viel mehr, wenn er Ihnen gefallen hat.

Wenn Sie Zeit und Lust haben, lassen Sie doch eine Bewertung für den Roman bei Amazon da oder schreiben eine Rezension. Zwei oder drei Zeilen reichen schon, sie dienen als wertvolle Orientierungshilfen für andere Leser und sind auch für mich häufig ebenso wertvolle Rückmeldungen.

Wenn Sie mir etwas persönlich mitteilen möchten, gerne an: liroteva@gmail.com

Ein besonders großes Dankeschön an alle Leserinnen und Leser, die mir inzwischen über zwanzig Romane lang treu geblieben sind! Ich hoffe sehr, dass Ihnen auch diese Geschichte gefällt, dass Sie wie ich beim Schreiben ein bisschen Seeluft schnuppern konnten und Frieda Lieken ebenso ins Herz schließen wie Chefermittler Jim Devcon, Sadie Thompson und Luna Walker.

Allen, die sich die Zeit nehmen und meine Romane regelmäßig rezensieren – tausend Dank dafür!

Ein sehr herzliches Dankeschön an meine lieben Testleser (Anja, Michael, Sandra, Ulli) und die beiden Erstleser des Manuskripts: meine Schwester Petra und mein Mann Andreas. Ohne euch wären mir im zweiten Kapitel die erheblichen Schwächen in Sachen Botanik glatt durchgegangen. Zwei Linden, die sich noch im selben Absatz in eine Eiche verwandeln und dann wieder zurück – das ist nicht gut …

…Und wer noch immer auf den »Cosy Krimi« wartet, den ich schon seit geraumer Zeit schreiben will – das habe ich auch hier wieder nicht erledigt, das ist mir schon klar.

Es hat wohl keinen Zweck.

Denn ich kann nicht behaglich.

Dieser Giftzwerg in mir, den keiner eingeladen hat, treibt mich immer wieder dazu, finstere Gedanken zu Papier zu bringen. Bevor es mir also nicht gelingt, gegen diesen miesen Wicht eine erfolgreiche Räumungsklage zu erwirken – Sie wissen, was Sie lesen werden, wenn mein Name auf dem Buchcover steht.

Seit dem »Schattenkind« (Titel meines Küstenromans aus Cornwall) halte ich mich gedanklich außerdem sehr gerne an der Küste auf. Wer sich darüber wundert – ich bin chronisch unterurlaubt. Wenn ich es zeitlich schon nicht schaffe, endlich mal wieder an die See zu fahren, reise ich eben im Geiste dorthin – und nehme Sie, liebe Leser, gleich mit.

Zu diesem Roman:

Wie schon bei »Küstenlicht« habe ich auch in diesem Roman kleine landschaftliche Veränderungen vorgenommen. Die »Villa Küstenwind« ist ein Produkt meiner Fantasie.

Das italienische Restaurant »Doppeleiche« in Burg gibt es demgegenüber tatsächlich. Nur habe ich mir erlaubt, das Personal einschließlich des Inhabers auszutauschen und mit Personen zu bevölkern, die ebenfalls meiner Fantasie entsprungen sind.

Und so einsam, wie ich es stellenweise beschrieben habe, ist es am Südstrand auch im tiefsten Winter nicht, wenn es nicht gerade Bindfäden regnet oder ein Sturm über die Wallhalbinsel fegt.

Die Idee zu diesem Roman stammt dieses Mal aus einem persönlichen Erlebnis. Ich erhielt die Einladung zu einem Klassentreffen. Die Organisatoren gründeten zudem eine WhatsApp-Gruppe, in der wir uns bis zum Termin schon mal austauschen konnten. Es ging locker und lustig zu – bis zu dem Moment, als sich die Klassenkameradin zu Wort meldete, die damals einen verdammt schweren Stand hatte. Derartige Grausamkeiten wie sie Elsa Riedel in dieser Geschichte erdulden musste, sind ihr natürlich nicht angetan worden. Sie wurde aber auch als wenig attraktiv wahrgenommen, sah anders aus als die anderen Mädchen. Deshalb haben sie fast alle gemieden, wollten nichts mit ihr zu tun haben. Hinzu kam, dass Einige sie außerdem bei jeder Gelegenheit hänselten und beschimpften.

Heute nennt man so etwas Mobbing.

Diese Klassenkameradin haute uns ihre verletzten Gefühle und die aufgestaute Bitterkeit buchstäblich um die Ohren. Da war dann erst mal Ruhe in der Gruppe, bevor die ersten ihre Sprache wiederfanden.

Ich war geschockt darüber, wie sehr das alles nach vierzig Jahren noch an ihr nagt. Ich habe ihr geschrieben, dass ich es bereue, damals zu der schweigenden Mehrheit gehört zu haben, die diese Sache nicht sonderlich ernst nahm und ihr deshalb auch nicht beistand. Keine Ahnung, was wir alle uns damals dabei gedacht haben. Ich fürchte: gar nichts.

Es haben sich auch viele andere der ehemaligen Klassenkameraden bei ihr entschuldigt. Und es kamen verschiedene Ideen auf, unter anderem die, für eine Organisation zu spenden, die sich um Mobbingopfer kümmert.

Ihr persönlich nutzt dies nach all den Jahren sicher nichts mehr. Ich hoffe aber sehr, dass ihr unsere Entschuldigungen wenigstens ein bisschen Trost spenden konnten.

Als Nichtbetroffener macht man sich kaum Vorstellungen davon, was in Menschen vorgeht, die von anderen gemobbt werden. Wie sie sich verändern …

Wie schlimm muss es erst sein, so etwas als Kind erleben zu müssen. Oder als von der Pubertät ohnehin schon geplagter Halbwüchsiger.

In jedem Fall hat mich dieses Erlebnis so schnell nicht mehr losgelassen – und auf einmal war sie da, die Elsa Riedel. Auch sie gehört zu den Opfern, die lange Zeit leise leiden. Die ihr Elend in sich vergraben und sich abschotten. Doch dann geschieht etwas Unverhofftes – und es bricht alles aus ihr heraus wie Lava bei der Eruption eines Vulkans.

Was sie plant und dann auch umsetzt, ist hochkriminell und gehört laut Gesetz bestraft, das ist unzweifelhaft. Dennoch ist sie eine Täterin, die nicht nur unseren Groll, sondern auch unser Mitgefühl verdient, wenn Sie mich fragen.

Mobbing kann einen Menschen, egal welchen Alters, zerstören. Umso schlimmer ist es, dass es heutzutage, dank der Möglichkeiten des Internets, so leicht ist, jemanden auf diese Weise zu quälen.

Liebe Leserinnen und liebe Leser, wenn Sie sich mit »Küstenwind« gut unterhalten haben, bin ich sehr glücklich.

Ich danke Ihnen, dass Sie mir bis hierhin gefolgt sind, hoffe auf ein Wiederlesen und grüße Sie herzlich aus Limburg,

Ihre Eva Lirot
(Oktober 2022)

...Mehr von Eva Lirot?

KÜSTENLICHT: Die Kommissarin auf der Insel

Die junge Kommissarin Frieda Lieken wird auf die Insel Fehmarn versetzt. Gegen ihren Willen. Doch sie muss sich fügen, wurde Opfer einer fiesen Mobbing-attacke. In Lübeck kann sie nicht bleiben, ist das Gespött der Kollegen. Außerdem lebt dort der Mann, den sie am liebsten nie mehr im Leben sehen will. Auf Fehmarn angekommen, macht sie gleich an ihrem ersten Tag eine grausige Entdeckung. Ein Leichenteil wurde am Strand angeschwemmt. Statt den Dienstweg einzuhalten, nimmt sie sich der Sache selbst an. Ihr neuer Vorgesetzter, Insel-Urgestein Heiner Eisler, ist wenig entzückt. Die beiden geraten sofort aneinander. Eisler geht es um die Vermeidung schlechter Presse in der Touristen-Hauptsaison. Frieda interessiert das nicht. Sie will den Fall lösen, egal zu welchem Preis. Die Spur führt sie zum alten Leuchtturm der Insel. Dort stößt sie auf einen sonderbaren Menschen, der einen schrecklichen Plan verfolgt …

KÜSTENLICHT - eine junge Frau mit Mut, Biss und losem Mundwerk ermittelt an der rauromantischen Ostsee-Inselküste.

SCHATTENKIND: Ein Luna Walker Roman

Ein altes Familiengeheimnis.
Eine eigenwillige junge Frau.
Und eine düstere Sage ...

An der Nordküste Cornwalls spukt es, wenn man den Küstenbewohnern glaubt. Menschen sind verschwunden, geholt vom fahlen Seemann, der dazu verdammt ist über die Meere zu fahren, bis ihn jemand aus seiner Einsamkeit erlöst. Luna Walker, eine junge Frau aus London, hält nichts von dieser Sagengestalt. Sie hat das Häuschen ihrer Tante geerbt und möchte an

der Küste Fuß fassen, sich aus der versnobten Londoner Gesellschaft lösen.
Robert Byrne, der aus der Gegend stammt, aber längst nicht mehr dort lebt, belächelt den Aberglauben der Küstenbewohner ebenfalls. Er ist nur zurück, um endlich sein Elternhaus zu verkaufen. Zu viele schlechte Erinnerungen lasten auf dem schlossähnlichen Gebäude oben auf den Klippen. Erinnerungen an die Familie, die Byrne dort verlor. Er und Luna begegnen sich im Pub. Die junge Frau macht Eindruck auf Byrne. Doch dann geschieht etwas, was niemals geschehen dürfte ...

SCHATTENKIND – viel Küstenatmosphäre und eine Sage, in der weitaus mehr steckt als nur ein Körnchen Wahrheit.

ENGEL DER TOTEN – die vierteilige Sadie Thompson-Reihe.

Eine junge Frau kämpft gegen die Schatten einer dunklen Vergangenheit und um ihre große Liebe.

Auch als Sammelband erhältlich!

JIM DEVCON-SERIE

Band 1
Seelenfieber: **Lautloser Tod**

Eine unwiderstehliche, doch gleichzeitig tödliche Droge!
Ein unbequemer Chefermittler.
Und eine neue Kollegin, leichtsinnig und stur ...

"Seelenfieber: Lautloser Tod" ist der spannende Auftakt zur Serie mit Jim Devcon und seinen ungewöhnlichen Fällen, die auf wahren Begebenheiten beruhen.

"Seelenbruch: Mörder wider Willen" (Band 2)
"Seelengruft: Ein grausamer Gegner" (Band 3)
"Seelennot: Eine Mutter dreht durch" (Band 4)
"Seelensühne: Eiskalte Rache" (Band 5)

"Seelenfalle: Straße der Tränen" (Band 6)
"Seele in Fesseln: Lebendig begraben" (Band 7)
"Seelenrisse: Göttin der Rache" (Band 8)
"Seelenloch: Zum Töten geboren" (Band 9)
"Seelenfrost: Wenn das Herz verstummt" (Band 10)
"Seele in Aufruhr: Muttertat" (Band 11)
"Seelenlos: Unsichtbare Gegner" (Band 12)
"Seelentod: Schwarzes Herz" (Band 13)
"Seelenpein: Vergessenes Kind" (Band 14)
"Seelengrab: Der Sündenfresser" (Band 15)

Die Bücher gibt es auch in jeweils drei Bänden zusammengefasst in der GESICHTER DES TODES-Sammelbandreihe.

Leserstimmen

»Ich gebe eine absolute Leseempfehlung für Seelensühne, hier kommen Leser anspruchsvoller Krimis voll auf ihre Kosten.« (lesenswertesausdembuecherhaus bei Amazon zu Band 5 aus der JIM DEVCON-SERIE)

»Ein Roman, der unter die Haut geht!« (Stups bei Amazon zu ENGEL DER TOTEN)

»Dieser Psychothriller rüttelt den Leser in einer sehr spannend geschriebenen Lektüre auf und weist auf Systemmissstände unserer Zeit hin.« (Manfred Laurent bei Amazon zu Band 10 aus der JIM DEVCON-SERIE)

»Ich liebe den Schreibstil der Autorin, er ist immer flüssig und locker geschrieben. Die Seiten fliegen nur so dahin « (funny1 bei Amazon zu SCHATTENKIND)

»Was für eine mutige und unerschrockene Kommissarin, die auf eigene Faust ermittelt!« (Bücher_sind_wahre_Schätze bei Amazon zu KÜSTENLICHT)

»Die Story hat mir von der ersten Seite an super gefallen. Toller, packender Schreibstil« (Karin bei Amazon zu LEISER STERN)

Über die Autorin

Eva Lirot hat Literaturwissenschaft und Psychologie studiert, lebt mit Mann und Hund in Limburg an der Lahn, spielt ein wenig Klavier, fotografiert gern und ist eine Vielleserin (quer durch die Genres).

In ihrer Jugend schrieb sie Songtexte, Büttenreden und kurze Theaterstücke. Heute ist sie Mitherausgeberin von Krimibänden und veröffentlichte zahlreiche Kurzkrimis. Ihre aktuellen Publikationen: die Krimi/Thriller-Serie mit Chefermittler Jim Devcon und seinen ungewöhnlichen Fällen (inzwischen fünfzehn Bände), die vierteilige Engel der Toten – Reihe, die Küstenkrimis mit Frieda Lieken und weitere Einzelbände.

Eva Lirots Motto beim Schreiben: "Die Phantasie ist die schönste Tochter der Wahrheit, nur etwas lebhafter als die Mama." (Carl Spitteler)

Printed in Poland
by Amazon Fulfillment
Poland Sp. z o.o., Wrocław

20622702R00128